U0513096

中国文学女性形象影视改编研究

徐兆寿 著

A WAY OUT

FOR THE FEMALE

上海人民出版社

本书为"国家社科基金哲学社会科学

领军人才项目"阶段性成果

目　录

自序：女性主题仍然是我们面临的巨大难题

我们总是用时间的线性问题来思考问题，比如，我们总是会说，都到 21 世纪了，社会关于女性的问题怎么还这样多？比如生男生女的问题，比如女人非得结婚吗？显然，这样的发问看上去很现代，其实有些愚昧。愚昧之处在于，我们总觉得事物是正向发展的，只要是现代或未来，就一定是正确的。为什么会这样？是我们对时间的理解和在时间的历史长河中总是如此来梳理社会发展的惯性思维造成的。

这是我们用基督教时间的结果，是被这样的时间观念驯化的结果。事实上，中国人有自己的时间，即阴阳合历。最准确的是天干地支的时间，因为这个时间非类似于以耶稣基督出生时为时间的出发点，这是人为法的时间，天干地支是无为法的时间，是天地自古运动的结果，中国人只不过把它总结出来而已。从今天关于历法的研究来看，罗马人在用耶稣历之前，也有自己的历法。中国人的历法是循环的，每一天到子时重新开始，每一年也从子月重新开始，春夏秋冬一直在循环往复，但这样的循环往复非简单地重复，而是因果往复。中国、古印度、古巴比伦、古埃及甚至古罗马的历法，都有这样的观念存在。这就是道法自然，这就是天道，这就是唯物主义。所有的事物都要经历生旺死绝这些过程，无一物能摆脱它。所以，在司马迁看来，天道在循环，人道亦是。三十年一小变，百年一中变，五百年一大变。过去我们总是说，五百年出一圣人，即是说五百年社会要重新循环一次，当然也不是简单地重复，而是变化。

用"变化"一词来代替"发展"一词，也许更为准确。不是吗？鲁迅等从女性的解放而开始人的解放，百年以来，他们提出的问题到今天依然存在，只不过有了很多变化而已，但新的问题又来了。比如，那时他写《伤逝》，子君死了，这是必然的，因为她脱离了社会基础。社会基础让她必须拥有独立存在的经济基础。这不仅是中国的问题，也是全人类的问题。所以问，娜拉出走以后怎么办？今天，女性都在独立，但问题又来了，她们不结婚了，不生孩子了，或者说，她们大量离婚，家庭伦理面临崩溃。这并不是发展，而是变化。这样的变化问题并不比鲁迅那时候高级或简单，而是更为复杂。今天，问题变成了"人类还需要伦理吗？""人类还能繁衍下去吗？""人类有可能要灭绝"这样的。这是更大的问题。

所以那时候我们用西方的理论在批判中国过去的问题，百年以来我们学习西方的诸多理论，女性主义思潮高涨，可是，女性的问题解决了吗？并没有。在西方，这个话题变得更加艰难了。

他们并没有可以解决的最佳方案，他们似乎也失去了理论资源。中国呢，从我们自己的"一阴一阳之谓道"的理论资源来看，也是发展偏了，人道与天道无法对应。这样的人道得重新建构。这是循环，而非发展。这不是我们想要的结果。时间并没有解决问题。我们光靠西方的理论看来是无望了。我们还得重新去思考天道。如此，我们便又回到了中国古人的阴阳理论，而这个理论是天地循环的理论，是永恒的天道，是我们人道的参照系。

这就又回到伏羲时代了，回到了人类的原点。阴阳结合是宇宙循环往复和永恒相续的基本规律，阴阳平衡也是基本法。这也就说明家庭伦理、男女伦理还得继续。家庭的消亡是一个伪命题。至少对于中国文化是这样的。家庭的消亡若变成真命题，那么，男女伦理、家庭伦理就毫无必要存在，社会的基本细胞就不复存在，人就会重新回到没有文明的原始时代。换言之，人从与动物一致的原始时代脱离出来时，就有了男女伦理、家庭伦理、个人伦理，这才是文明的标志，而非城市、铁器这些附属品。

这样说，我们要回答女性的问题，就要重估文明，重新回到人类的伦理原点。这不是小问题，而是人类的大问题。这本小书就是围绕这些问题而展开的，与他者不同在于两点，一是与我们过去的理论背景不同，我更多地引入了中国的传统文化，当然，这个传统文化非周公以来的宗法制，而是《周易》的文化系统，它讲的是天道；二是多从文学改编影视的角度来讲的，或从影视的视角来观察问题的，这是一个方便的视角，且是几篇论文合集，这便多了一些局限和不足。

　　这当然只是开始，是提出问题，或提出一些解决问题的方法论，更为具体的讨论还未及完全展开。希望在未来能写出一部专著，专门来论述之。

徐兆寿　草于双椿堂

2023 年 7 月 27 日晨

杨贵妃百年银幕变形记的背景与理路

　　一百多年前，感国运之不济，李鸿章悲哀地叹道，中国来到了"三千年未有之大变"的时刻。他说的当然更多的是国运，是"天下"变成"万国"，是"天朝"变为弱国，但随着三千年旧时代的结束，人们发现，新的社会不仅仅是国家兴衰之变，而且是文化制度之更替。随着新中国的成立，这场巨变慢慢地成为日常伦理之变、生活之变。最大的变化就是从"父父子子"变成朋友，从"男尊女卑"变成平等关系。如今女性意识的发展远远超过了人们的期许，传统的婚姻、家庭、个人、身体观念都逐一遭到挑战。单身主义、朋克家庭、单亲家庭、大龄青年、闪婚、不婚等新的现象层出不穷，新的伦理道德问题随之产生。人类到底要往哪里去？女性主义的终点在哪里？人类新的婚姻、家庭制度是什么？

　　与此同时，人们在理论上开始前溯：是谁确立了这样的伦理？是谁规定男尊女卑？为什么整个人类早期都有男尊女卑的现象，不仅仅是中国，难道人类都有共同的什么依据？为什么要变成两性平等关系？中国人是盲目追随西方，还是有坚实的根据？男女又如何平等？社会的分工如何完成？等等。而所有这些，都反映在近一个世纪的文学与影视艺术中。我们从鲁迅的《祝福》《伤逝》开始，到巴金的《家》《春》《秋》，再到赵树理的《小二黑结婚》《白毛女》，可以看到从五四运动后的三十年之内人们在追求新社会时都落到了男女婚姻上；从《白毛女》《红色娘子军》这些获得自由的女性开始，到样板戏《红灯记》《红岩》《青春之歌》等三十年，都是写女性如何争取自由、独立和闹革命的，仍然在完成前一个时代未曾完成的任务。到了改革开放以后的三十年，是学习西方社会的三十年。十九届六中全会决议都强调："中国仅用几十年时间就走完发达国家几百年走过的工业化历程，创造了经济快速发展和社会长期稳定两大奇迹。"某种意义上，我们也是狼吞虎咽地、潦草地尝遍了西方人的生活。如今，也该到总结和重新审视的时候了。

假如我们从百年来作家、导演们最热衷于书写和改编的女性形象来看，最多的恐怕就是杨贵妃、武则天、潘金莲等这些历史上就已经议论纷纷的人物了。她们身上，承载了中国文化太多的符号。而从一千年多年以来的文学来看，恐怕对杨贵妃的书写是历史之最，李白的一句"云想衣裳花想容"开始，到白居易的《长恨歌》，再到洪昇的《长生殿》，古典文学为她书写了一曲古典时代的挽歌。而新中国成立以来，她又一次成为作家和影视剧塑造的热门形象，影视剧尤甚。仅就近三十年来，拍摄杨贵妃的影视剧就多达十余部。所以，从杨贵妃入手来分析女性伦理和文学、戏剧、影视的改编就有了典型意义。

女性地位变迁简史

传说中的女娲、《山海经》里的帝后常羲和西王母是中国文明史上最早的女性。女娲是什么人？传说将她神秘化了，说她补天并抟泥造人。如何补天？人们并没有去讲。事实上，我们从天水伏羲庙里可以看到，伏羲和女娲交尾图上，伏羲拿的是规，女娲拿的是矩。他们的下面是星相图，有北斗七星，有南斗六星，有东方三星等。他们的头顶上是太阳。这也就很清楚了，女娲补的天是什么呢？就是测量星星的运行，为人类的生产和劳作、休息确定时间。时间不是从大地上来的，而是由太阳运行与天空中的众星汇合时确定的。人一仰头就知道是什么时候。这就是"信仰"一词的来历。由于太阳运行一天或一年是在大地上画了一个圆，所以天是圆的。这就是补天。神话中说："共工触不周山，使天柱折，地维缺，天倾西北，地陷东南。天不满西北，故日月星辰列焉。地不满东南，故水潦尘埃归焉。"① 意思是说，大洪水来临时，地球发生过一次大的变化。地理学上告诉我们，这就是冰川融化与青藏高原的崛起，导致整个西北的隆起。同时，也有专家认为是地震引起的。总之，原有的天空发生了变化。所以说，对于大

① 刘文典撰：《淮南鸿烈集解》，中华书局 2013 年版，第 95 页。

地上的人们来说，天文学是由环境决定的，而不是无国界的。欧洲人看见的星象与中国人看见的不一样，同样，另一个半球上的美国看到的更不一样。所以，女娲在重新为当时的天下人测量星空的变化，为人类确立时间。

　　若按《山海经》中常羲和《史记》中测量星象与气候的官员名称来看，"羲"指的是一个官员，这当然也可能是后世的称呼了，但他们的职责是明确的，即管理星空和气候的学问。这样来说，便是科学的。那么，《山海经》中帝俊的妻子常羲的工作也就非常清楚了。《山海经》中说她生了十个儿子和十二个女儿，十个儿子指的是太阳历中的十个月，后来变成了十天干，十二个女儿指太阴历中的十二个月，后来变成了十二地支。她常常把十二个月亮在大荒以西洗一遍。可见，她也是管理时间的，也是测量星空和大地的。只是常羲不仅仅是测量天象，也测量地象（月象）。

　　而西王母也很清楚。她是管理巫师的，住在昆仑山上。昆仑山乃天之下都，曾经住着天帝俊和常羲等，后来就住着西王母了。据说，西王母是天帝俊的女儿。《山海经》中也说有一个西王母国。西王母掌管着《河图》《洛书》，她住的回屋就是《河图》的几何图形。《史记·大宛列传》

中，张骞从西域考察回来说，西王母原来住的昆仑山就是于田南山，但西王母国的人西迁到条支国去了。西王母从此在华夏大地上消失了，但是汉武帝为她修了庙，祭祀她为神仙，也归了汉。

在她们之后，女性先知一直是萨满教的首领，西王母国是整个草原丝绸之路上的中心、信仰的中心。她们掌握着天地变化的秘密，掌握着医药百草的秘密。从这一点来讲，她们也是知识的创立者。人们的姓也都是跟母亲，父亲似乎是没有姓氏的。黄帝和炎帝都是跟着母亲的姓，一个姓姬，一个姓姜。大概是从黄帝开始，统一了天下，给他的二十五个儿子取名，《国语·晋语四》曰："凡黄帝之子，二十五宗，其得姓者十四人，为十二姓：姬、酉、祁、已、滕、箴、任、荀、僖、姞、儇、依是也。"① 韦昭注："得姓以德居官，而初赐之姓十四人，而内二人为姬，二人为巳，故十二姓。"② 这就开启了男权统治的时代。到周公始，以男权为中心的宗法制建立。孔子进一步为其梳理了学术之理。汉武帝时，董仲舒献上《天人三策》，进一步确立了"君君臣臣，父父子子"和"三纲五常"的伦理纲常，司马迁以历史的方式将此进行了跨越三千年的梳理。他们三人共同完成了古代中国人的男权礼教制度的构建。北宋五子和朱熹在儒学千年之后又有了一次中兴，进一步对男权进行了加强。

从黄帝之后的五千年，是男权统治的时代，是男权发展道

---

① 张燕婴等译注：《国语》，中华书局 2012 年版，第 217 页。
② 徐元诰：《国语集解》，中华书局 2002 年版，第 334 页。

德、法律和制度的时代。女性的智慧被搁置或剥夺，女性科学家的地位被彻底置空，女性仅仅成为生儿育女的工具，女性被要求依附于男性。"妻子如衣服"，妻和财等同。因此这样的历史进程中，女性不能参政，女性一旦参政就是"后宫专权"，必将祸国殃民，天下大乱。这就是社会分工和伦理的大变。历代以来有关女性的话题都是以此而展开的。烽火戏诸侯、妲己妖女、武后专权、贵妃祸国等故事便一代代传了下来，同时，女性进一步被限制，裹小脚成为日常，烈女贞妇被强调。男女的界限越来越分明，人为的设置越来越多且越严苛，而天然的性情被束缚得过死。

物极必反。司马迁说，四千五百年为一个大备之年。中国文化从黄帝到民末，正好为一个大备之纪，也走到了末路。当新文化运动引进西方的平等、自由、民主、博爱等观念时，中国封建大厦犹如《红楼梦》中的王熙凤的判词里所说的"忽喇喇似大厦倾，昏惨惨似灯将尽"一样，中国的知识分子便接受了这样的思想，一场从新文学出发遍及整个文化领域和日常生活的变革由此生发。《白毛女》里的喜儿是一个新生的女性。她在过去的社会从人变成了鬼，而新社会使她从鬼变成了人。她回到了男女平等、自由和享有爱情的正常的伦理生活中。但是，这仅仅是开始。有关平等、自由的新探索也从那时拉开了序幕。于是，历史中的一系列女性人物重新在过去一个世纪内活过来，诉说她们的痛苦、反抗和各种挣扎。鲁迅小说《伤逝》中的子君、丁玲小说《莎菲女士的日记》中的莎菲、赵树理小说《小二黑结婚》中的小芹，都成为新的伦理价值下的新女性，不同于过去几千年的女性。但是，这条平等、自由之路并非坦途，周克芹《许茂和他的女儿们》中的秀云、陈忠实《白鹿原》中的田小娥、莫言《肥乳丰臀》中的母亲等都依然在与现实做斗争。女性之路依然充满荆棘坎坷。

杨贵妃的千年还魂

杨贵妃，盛唐人也，与盛唐天子李隆基阴阳相合，甚为相配，以至于天子忘记自己的职责，沉溺于个人的情事和艺术中，最终使盛唐一分两半。古典中国的盛世之月从此降落，再也未能升起，而此盛世又与此两人天然地联系在一起，于是，杨贵妃这个被男权始终束缚着的形象，便再一次被雾霾笼罩，她再也不是她个人，而是一个历史的符号，一个盛唐以来永远解释不完的符号。历代文人们，都试图将她解开，试图将她还原为个人，还原为她自己，甚至恢复其个人的尊严，但都被礼教重重包围并讨伐。

她来到这世上，并且成为文学艺术作品的女主角，从她在世时到她死后的一千多年间，可以说在中国历史上再也没有一个女人能与之相比，即使是被道德家们骂得最多的褒姒、妲己、潘金莲，也即使是成功拥有天子之权的武则天、慈禧太后等，这些人也只能是配角。

杨贵妃生如夏花，被与他同时代的当然也是整个中国历史上最伟大的两位诗人书写过。李白在宫廷里见过她，被她倾倒，脱口而出："云想衣裳花想容，春风拂槛露华浓。若非群玉山头见，会向瑶台月下逢。"①一时称为绝唱。杜甫就是因为李白的"云想衣裳花想容"这句诗被折服的。可见李白此诗出自天然，也是对杨贵妃当时最美的写意。当时的杨贵妃不仅以容貌倾国，而且以才艺服人，但这容貌与才艺都只是供男人世界欣赏的。汉时李延年的诗用来形容杨贵妃是再恰当不过："北方有佳人，绝世而独立。一顾倾人城，再顾倾人国。"李白还有几首写给杨贵妃的诗，也是佳作，其中有："名花倾国两相欢，长得君王带笑看。解释春风无限恨，沉香亭北倚阑干。"②

杜甫应当是无缘见杨贵妃的，他的前半生一直围绕着两个人在转。一个是唐玄宗，另一个是李白。他曾向玄宗上书，但未被重用，安史之乱后他辗转回家，在曲江边写下《哀江头》一诗："忆昔霓旌下南苑，苑中万物生颜色。昭阳殿里第一人，同辇随君侍君侧。""明眸皓齿今何在？血污游魂归不得。""人生有情泪沾臆，江水江花岂终极！"③他也许是受到了李白的影响，也许是受他人的影响，总之，他对贵妃之死充满了哀悼。他并没有怀着当时国人对贵妃之德的谴责。这是极其罕见的。

但后来的诗人们就不一样了，都是从国家的高度来讨论贵妃之美与德的。杨贵妃死于公元756年，那一年，她才37岁。772年出生的白居易自然是听着这段传说而想象杨贵妃的，他于802年写下《长恨歌》，已离贵妃之死近半个世纪了。他必然是掺杂

①　王启兴主编：《校编全唐诗》，湖北人民出版社2001年版，第589页。
②　同上。
③　周啸天主编：《唐诗鉴赏词典》，商务印书馆2012年版，第691页。

了太多的想象和情感，甚至说掺杂了活着的人们对杨贵妃的诸多回忆和意见，他写道："天生丽质难自弃，一朝选在君王侧。""后宫佳丽三千人，三千宠爱在一身。"这是对贵妃之美的描写，转而写下贵妃之死："六军不发无奈何，宛转蛾眉马前死。"这样的美岂能如此了结？"君王掩面救不得，回看血泪相和流。"似乎诗人也一同与君王一起悲伤着："七月七日长生殿，夜半无人私语时。""在天愿作比翼鸟，在地愿为连理枝。"① 因为离杨贵妃生活的时代稍晚一些，所以，白居易的《长恨歌》便成了杨贵妃在文学史上的第一次盛大出场。她又活了过来。虽然白居易诗里充满了对贵妃之德的谴责，但对玄宗的谴责似乎更多。他不上朝怎么能是贵妃之错呢？所以说这是一首很难简单理清的诗。毕竟玄宗之时，唐朝达到了中国历史上的鼎盛时期，人们对唐玄宗也是怀着复杂的心情。所以，这首诗表面写的是两个人的情事，实际上暗藏着江山社稷的兴衰。

　　到了晚唐诗人杜牧时，又是一变。杜牧正好出生于白居易写下《长恨歌》的那一年。他是怀着对盛唐的回忆来写杨贵妃的，所以情感也是双重的。"长安回望绣成堆，山顶千门次第开。"② 这似乎像是电影的长镜头，从长安开始对骊山进行了一次扫描式的拍摄。繁花似锦，一堆堆铺张开来，一直到了山顶，而山顶上的华清宫山门一扇扉打开，仿佛有一千扇门一样，连绵不绝，动感

---

① 周啸天主编：《唐诗鉴赏词典》，商务印书馆 2012 年版，第 1159 页。
② 同上书，第 1388 页。

十足。突然，"一骑红尘妃子笑，无人知是荔枝来"。① 这说的是从四川千里运送来的荔枝，不知累死了多少匹马。这里便有了批判意识。

可以看出，从李白到白居易，这是一个赞扬与凭吊的时代。杨贵妃之美与传说在诗人中还是极致之美，这大概与开元盛世有关，人们把那样一个盛世与一位美人联系在了一起，而她的陨落也标志着盛世的结束。其次可能与唐时的道教有关，因为杨贵妃生前修道教，所以传说她升天成了神仙。甚至还传说她去了别的地方。这就把杨贵妃位移到了一个与褒姒、妲己不同的角色里。但到杜牧时，批判的意识有了，因为这已经是晚唐了。晚唐的衰落使唐诗表现出一种哀婉、幽深、隐喻、批判的格调，与盛唐时李白的那种豪放、明亮、阳气盈天的气象完全不同。

宋时理学出现，这标志着唐时那种自然的、开放的、豪迈的、野蛮生长的格局散失，进而进入一种规矩的、严苛的道德伦理体系。这也是事物发展的必然结果。胡风、佛教、道教把汉时传下的儒家伦理一扫而空，天然的、雄健的、不拘一格的浪漫天性被发挥到极致，但晚唐的衰败、五代十国的混乱使华夏大地上混乱不堪，文明之声、伦理道德也丧乱不堪，礼教不存，故而由北宋五子和朱熹重拾旧山河，整理儒家五经，尤其对《易经》做了新的解释，这便是天道，在此基础上重建儒学之伦理学，称为理学。理学试图想纠正过往千年来礼教方面的问题，但在现实的运用方

---

① 周啸天主编：《唐诗鉴赏词典》，商务印书馆2012年版，第1388页。

面更为极端，故而造成重天道、轻人性的特征。到明清之际，理学逐渐被儒士们演变成为束缚人们精神的武器，礼教便是那利刃。物极必反，所以我们可以看到明清时期有一批反抗极端之礼教的文艺作品。《金瓶梅》《肉蒲团》和春宫图是代表性作品。此时，再看明清时的山水画，基本是宋代马远《寒江独钓图》的遗传者。人在自然中处于极小的位置，天道压住了人性。要么是"天将暮，雪乱舞，半梅花半飘柳絮。江上晚来堪画处，钓鱼人一蓑归去"；要么是"枯藤老树昏鸦，小桥流水人家，古道西风瘦马。夕阳西下，断肠人在天涯"。更多的是八大山人和郑板桥的变形字画，绝无唐时的方正、生气充盈和正义之感。画作中的人也趋于清瘦，而寺庙里的神佛塑像也变成狰狞，四大天王手持钢鞭，恐吓着人间。《三国演义》和《水浒传》中几乎没有一个正面的女性形象，即使有，要么在《三国演义》中被刘备吃掉，要么在《水浒传》中变成潘金莲这样的水性杨花、忘恩负义、心如蛇蝎的女人。人间变成了男人们舞刀弄枪的天下，女人们没有参与历史的任何权利。即使是在《西游记》中，除了已经成为菩萨的观音外，大部分女人要么是白骨精，要么是蜘蛛精，个个都是小人、妖怪。《红楼梦》虽说是在为女性争取权利，但最终也告失败，落得个白雪茫茫一场空。

　　在这期间，杨贵妃仍然在不时地"返回"人间，在苏轼、陆游那里都有凭吊，杨贵妃的形象始终是一种美的象征。大概是她虽也有百般缺点，也使自己的哥哥等上了位，但她毕竟从不去害人，从未专权，保持了一位女性的美的一面，是非对错一言难尽。

但也有诗词直陈其失德。宋代的金朋说这样写道:"倾国娇容启色荒,能移帝主堕三纲。荔枝嗽笑虽甘美,马践嵬坡促命亡。"这样一种矛盾的心态一直持续到明清,甚至当代。故而在明清之际,洪昇写下《长生殿》来记述这段历史和人间传说。

如果说从杜甫、白居易之后的诗歌写作都只是凭吊,而《长生殿》便是在人间为杨贵妃虚构了一座祭祀的庙宇。洪昇在《自序》中写道:

> 余览白乐天《长恨歌》及元人《秋雨梧桐》剧,辄作数日恶。南曲《惊鸿》一记,未免涉秽。从来传奇家非言情之文,不能擅场;而近乃子虚乌有,动写情词赠答,数见不鲜,兼乖典则。因断章取义,借天宝遗事,缀成此剧。……死而有知,情悔何极。苟非怨艾之深,尚何证仙之与有。孔子删《书》而录《秦誓》,嘉其败而能悔,殆若是欤?第曲终难于奏雅,稍借月宫足成之。要之广寒听曲之时,即游仙上升之日。双星作合,生忉利天,情缘总归虚幻。清夜闻钟,夫亦可以蘧然梦觉矣。①

在《例言》中又说:

> 忆与严十定隅(曾粲)坐皋园,谈及开元、天宝间事,

---

① 洪昇:《古典名著聚珍义库 长生殿》,浙江古籍出版社 2011 年版,第 137 页。

偶感李白之遇，作《沉香亭》传奇。寻客燕台，亡友毛玉斯谓排场近熟，因去李白，入李泌辅肃宗中兴，更名《舞霓裳》，优伶皆久习之。后又念情之所钟，在帝王家罕有，马嵬之变，已违夙誓，而唐人有玉妃归蓬莱仙院、明皇游月宫之说，因合用之，专为钗合情缘，以《长生殿》题名，诸同人颇赏之。乐人请是本演习，遂传于时。盖经十余年，三易稿而始成，予可谓乐此不疲矣。史载杨妃多污乱事。予撰此剧，止按白居易《长恨歌》、陈鸿《长恨歌传》为之。而中间点染处，多采《天宝遗事》《杨妃全传》。若一涉秽迹，恐妨风教，绝不阑入，览者有以知予之志也。今载《长恨歌传》，以表所由，其杨妃本传、外传及《天宝遗事》诸书，既不便删削，故概置不录焉。[1]

可以看出，除了白居易的长诗《长恨歌》外，还有《长恨歌传》《天宝遗事》《杨妃全传》《惊鸿》《沉香亭》《舞霓裳》及元人《秋雨梧桐》剧等，《长生殿》乃新的写作，此作与过去众人之作不同有二：一是删减了一些内容，二是增加了贵妃成仙并有悔恨之意。有了此二者，便可以成为教化之内容。所以《长生殿》之旨趣并非简单在于摹写传奇，而是在于传奇之后的悔意，"止于至善"。

为教之文，犹如在虚空中建了一座教堂。凡听此剧者，先以

① 洪昇：《古典名著聚珍文库　长生殿》，浙江古籍出版社 2011 年版，第 138 页。

情入剧，再以传奇深入而沉溺之，感慨之，悲伤之，最后则从仙界传来教义，使其受教，使其顿悟，使其全新。从剧中出来，虽经历岁月之洗涤，然故事、形象则久住人心，劝人向善向美向真。

同时期的《金瓶梅》也是此意。作者虽写情事、性事，但主旨在于教育人，让人从情欲里挣脱。凡能读懂此书者，皆可说能摆脱欲障者。然绝大多数人并不太注意其中有关佛教的教化，一味被其中的情事描写而征服。所以说，《金瓶梅》在终极意义上，也是想立教。《红楼梦》就更是如此了，是要断人名利心、是非根，以了悟真理。《西游记》更是不需赘言。

一个问题便产生了，何以从明清以来有如此多的立教之文？回看《史记》中诸位圣贤，死后虽有庙宇，但生前皆以天地之礼教为宗，生前重义，注重人伦礼仪，死后则终矣，少有成仙成佛者，而《史记》之后，佛教入华，道教立世，人不再是生活一世耳，而是至少有三世，甚至六道轮回。如此一来，对死后的叙述便成为立教的内容。比如《西游记》中那些妖怪都是有前世孽障的，下凡来做了坏事，碰到了唐僧师徒才显出其原形。再比如《红楼梦》中贾宝玉与林黛玉是因为前世之因缘，这一世黛玉以泪来偿还宝玉的恩情。《长生殿》也是如此。再看佛教和道教关于人死后的种种描述，便是为生前来立教说理。特别是佛教，有明确的地狱里的受苦图像。那些做过坏事和错事的人们，死后都要进入六道轮回，而那些进入地狱的人，则要受酷刑。道教后来也有这方面的说教。它们的意图是劝人们在此一世以善为本，以礼教以宗，以孝为大。所以在中国河西地区佛教最兴盛的地方有《河西宝卷》，在武威地区又出现了一种叫贤孝的戏剧种类，都是以戏剧的方式来劝人向善行孝。

故而说，从李白对贵妃的赞扬，到白居易的褒贬共有，再到很多诗人、剧作家的讽刺、批判，最后到洪昇《长生殿》的产生，杨贵妃已经变成了神或仙，在人间做了错事，在仙界则忏悔。她已然成为道教或佛教劝世的形象。从这个意义上来说，杨贵妃的因缘算是终了了，也达到了至善至真至美。

百年电影重塑杨贵妃

从 1905 年中国电影诞生之年至 1949 年新中国成立，中国共拍摄了三部（内地两部，香港地区一部）关于杨贵妃的电影。1927 年由上海影戏公司出品，但杜宇导演，贺佩蓉主演的电影《杨贵妃》，此为第一部。1941 年，由上海国华影业公司出品，张石川导演，周璇主演的电影《梅妃》（又名《杨贵妃与梅妃》），此为第二部。1947 年，由香港地区莫康时导演并编剧的电影《杨贵妃》为第三部。在那时，这一形象的电影改编也算是热了。

《杨贵妃》的产出纯属但杜宇的一次为迎合普通大众通俗审美取向的艺术作品。1941 年张石川拍摄的电影《梅妃》当中则有彻底的反转性形象塑造，《梅妃》中的杨贵妃奸诈刁蛮，伙同杨氏一族祸乱朝纲，而梅妃却是清傲孤高的形象。杨贵妃和梅妃都作为政治隐喻的形象出现。莫康时导演并编剧的电影《杨贵妃》，跳脱出杨贵妃历史故事框架的桎梏，大胆采用新的叙事框架进行改编。

讲述了一群现代人梦回唐朝，借用杨贵妃等周遭人物的外壳来体会酒池肉林的奢靡富贵生活，讽刺了发国难财及投机致富的人。

1949年至1979年间，电影艺术因政治环境的变化，内地和香港的电影艺术发展道路大相径庭。在此期间，中国内地再没有人改编杨贵妃的电影，但香港地区产出了四部以杨贵妃为主要角色的电影。他们分别是1955年由博伟电影公司出品，日本导演沟口健二导演的电影《杨贵妃》；同年由艺联电影制片公司，赵树燊导演的电影《杨贵妃》；大联影业公司出品，陈焯生导演的电影《安禄山夜祭贵妃坟》；1962年邵氏兄弟（香港）有限公司出品，李翰祥导演的《杨贵妃》。

这些电影都跳出了唐传奇中杨贵妃的故事框架，大胆舍去《杨太真外传》和《长恨歌传》中构成故事的主要情节，只保留了贵妃入宫、与玄宗相爱、回杨府、马嵬牺牲的情节，并对这些情节进行了重构。这些电影塑造了一个具有牺牲精神的女性形象。这是对历史上杨贵妃形象的重构。

内地电影一直到了1990年代才有对杨贵妃的电影改编。1992年有广西电影制片厂出品，陈家林导演的电影《杨贵妃》，1994年有肖风导演的电影《杨贵妃后传》。前者基本上是对唐传奇《太真外传》和《杨贵妃》的还原。

2013年，由北京春秋鸿文化投资有限公司出品，十庆导演的电影《王朝的女人杨贵妃》面世，这部电影并没有产生太大的影响，但四年后的《妖猫传》一经面世，就引起巨大的波澜。《妖猫传》改编自日本魔幻系列小说《沙门空海之大唐鬼宴》，有点别开生面。李白、玄宗、杨贵妃、胡人、妖猫……，在美轮美奂的影像中，杨贵妃的死成了谜。

在这样的传奇演绎中，人们看到另一个杨贵妃在复活，那个代表着大唐盛世形象的女子又一次缓缓登上历史舞台。这似乎不是在讲杨贵妃，而是在讲当下人们心中的幻象。中国人是多么想再次成为世界之中心啊！

如此来讲，杨贵妃便非杨贵妃，杨贵妃又是杨贵妃，如此，大概才是真的杨贵妃。杨贵妃是一个历史的符号，一个历史的幻象。每一个历史阶段，她都会站在历史的岔路口，等着那些君王、才子的出现，为她重新描眉画鬓。

可是，今天我们努力想看到她的正面。她有正面吗？应当有的，就看我们的画家、电影家、作家是否有正义了。

女性主义的出路到底在哪里

——谈谈鱼玄机传奇和影视改编

鲁迅在《中国小说史略》中说："小说亦如诗，至唐代而一变，……乃在是时则始有意为小说。……传奇者流，源盖出于志怪，然施之藻绘，扩其波澜，故所成就乃特异，其间虽亦或托讽喻以纾牢愁，谈祸福以寓惩劝，而大归则究在文采与意想。"①大意指中国的小说从唐人开始才有意为之。近百年来，小说发达，故不断有学人梳理中国小说的源头，便找到先秦诸子中的小说家，班固在《汉书·艺文志》说："小说十五家，千三百八十篇。小说家者流，盖出于稗官。街谈巷语，道听涂说者之所造也。"②又举孔子之言道："虽小道，必有可观者焉，致远恐泥，是以君子弗为也。""然亦弗灭也。闾里小知者之所及，亦使缀而不忘。如或一

---

① 鲁迅：《中国小说史略》，人民文学出版社 1973 年版，第 54—55 页。
② 班固：《汉书》，中华书局 1962 年版，第 1745 页。

言可采，此亦刍荛狂夫之议也。"① 可以看出，自从私人写作开始，有记述天子诸侯间大事的，也有记述文士异人小事者，且为日常津津乐道之事，茶余饭后闲资也。这其实便是人间。到司马迁《史记》横空出世，记述圣人、天子、诸侯将相、客卿世家、刺客异士的，多采闲言以辅之，人物形象立刻全形而传神。还有乐府诗，抒发民间哀乐者。此传统经历魏晋之时，又经文人自觉意识之熏染，类似于《世说新语》一类的闲记文风之激发，及至唐时，大概就到了鲁迅所讲的有意为之了吧。

这便是唐传奇。

唐传奇均继承前世采写奇人异士之奇闻，一反司马迁之宏大叙事，从小事从日常起笔，仿佛忘了天地，忘了朝廷，一任性情为之，所以有些反传统，有些先锋，其故事曲折、篇幅短小，言简意赅，同时又以唐时文人之开放、任情、嗜好为个性，辅之以华美的文辞，便显得与山野有区别，文人情调也由此生，格式非但工整，构思也精妙，使人物极为传神，仿佛把玩一工艺品耳。某种意义上讲，这是个体主义的萌生，是唐人除诗歌、绘画、书法、音乐、舞蹈等艺术之外的又一开拓，所以历代为文人们所喜爱。宋人洪迈说："唐人小说，不可不熟，小小情事，凄惋欲绝，洵有神遇而不自知者，与诗律可称一代之奇。"②

唐传奇包含武侠、奇幻、刺客、风流文官、世间高人等各色人物的离奇故事，篇篇引人入胜，难以舍弃，盖成为后世戏曲、话本、

① 班固：《汉书·艺文志·子部小说家类》，中华书局 1962 年版，第 1745 页。
② 莲塘居士辑：《唐人说荟·例言》，扫叶山房 1922 年石印本。

小说等之滥觞。自然也成为 20 世纪影视艺术所钟情之对象。

回望 20 世纪以来唐传奇的影视改编，女性形象的改编成为一个突出的特点。这与 20 世纪以来新文化运动和妇女解放、女性意识的勃兴有关。前些年侯孝贤的《聂隐娘传奇》也算是一个亲近的例子吧。不错，阅读唐传奇，一个个迷人的女性形象最为动人，其人物可分为皇女、贵女、妓女、才女、异女等类，武则天、杨贵妃、步非烟等是皇女，上官婉儿、崔莺莺等贵女加才女，霍小玉、鱼玄机、李娃等才女加妓女，任氏、倩娘、龙女、步非烟等异女……这都是今天影视剧中屡屡闪现的荧屏形象。从电影和电视剧的大众性、形象化、传奇性的特点来看，两者最为互通。

鱼玄机却未必为今之众人所知，近些年来影视改编也极少，但她却是唐传奇中最引人注目的女性之一，不可不谈。鱼玄机的故事出自晚唐皇甫枚的《鱼玄机笞毙绿翘致戮》一文，记载了唐朝女诗人鱼玄机妒杀其婢女绿翘的故事，其文收于《三水小牍》小说集。此小说集颇有影响，程毅中在《唐五代小说史话》中称其为"五代小说的压卷之作"①，可见其重要性。宋人孙光宪的《北梦琐言》、元人辛文房的《唐才子传》以及《太平广记》《南部新书》《直斋书录解题》和《全唐诗》等书中都有断章记载，尤其《全唐诗》还收入其 50 多首诗词，在古代女性才女中也算是凤毛麟角。百年来，历数有关鱼玄机故事改编的影视剧，实为不多，目前可考的有 1984 年由邵氏公司出品，方令正导演编剧的电影

---

① 程毅中：《唐代小说史》，北京人民文学出版社 2003 年版，第 317 页。

《唐朝豪放女》和1980年由香港亚洲电视出品的电视剧《历代奇女子：鱼玄机》。

鱼玄机有诗名，有50首诗作留于世间，所以历代都有不少文人对其感兴趣。当代作家王小波也曾在《寻找无双》中重写鱼玄机，对她的结语进行了戏谑式的改写。可以设想，未来对她的影视剧改编肯定也在情理之中。因此，就鱼玄机的人物形象和她仅有的两部电影改编做些讨论，借此也讨论一下唐传奇小说尤其是女性人物的影视改编，梳理出它们改编中的得与失，为后来的影视剧改编提供一点有益的借鉴。

一、鱼玄机其人与唐传奇

鱼玄机在历史上是一位颇受争议的女性。晚唐五代时的两种笔记集，皇甫枚的《三水小牍》和孙光宪（卒于968年）的《北梦琐言》，皆记载了鱼玄机的故事。[1][2] 其争议性不仅仅在于其女性诗人的身份，还在于她"唐朝豪放女"的女性形象。据记载，鱼玄机自小生长在"倡家"，因当时著名词人温庭筠常在此狎妓，故而成长中受其影响，成为一代才女。也因此，后嫁给状元李亿为妾，一则因正室善妒不容，二则也因其诗才和从小在倡家长大不受约束，故而被弃下堂。后于咸宜观披冠出家，因诗才出众与京城文人往来密切。鱼玄机于26岁被处死，原因是她杀害了自己

---

[1]　皇甫枚撰：《三水小牍》卷2，中华书局1958年版，第32页。
[2]　孙光宪：《北梦琐言》卷9，上海古籍出版社1981年版，第71—72页。

的婢女，结束了她短暂的一生。

《鱼玄机笞毙绿翘致戮》又名《绿翘》，全文分为三段。第一段主要是介绍主人公鱼玄机：

> 京咸宜观女道士鱼玄机，字幼薇，长安倡家女也。色既倾国，思乃入神。破瓜之岁，志慕清虚。咸通初，遂从冠帔于咸宜，而风月赏玩之佳句，往往播于士林。然蕙兰弱质，不能自持，于是风流之士争修饰以求狎，或载酒诣之者，必鸣琴赋诗，间以谑浪，懵学辈自视缺然。①

从这充满辞采的描述中，可以看出鱼玄机有几个特点：一是貌美，倾国倾城，这就可以和杨贵妃相比了。二是才华出众，"思乃入神"，"风月赏玩之佳句，往往播于士林"，在文人中很出名。这两个特点几乎是唐传奇女子们的共同特点，如霍小玉，她一出场，"但觉一室之中，若琼林玉树，互相照曜，转盼精彩射人"。②一代才子李益便被击中灵魂。李娃出场，也是"明眸皓腕，举步艳冶"，郑生对之一见钟情。但这些才女都是以悲剧告终，而唐传奇中的男子往往是有才而无德。怪不得令后人对才子佳人小说既感悲伤，又心生向往。直到陈独秀挺身而出，以《文学革命论》推翻这不切实际且与平民无关的小说。这是有道理的。这些都是在口耳相传中被千百遍地改编传播，后被文人记录下来，遂成为

---

① 皇甫枚撰：《三水小牍》卷2，中华书局1958年版，第32页。
② 鲁迅编：《唐宋传奇》，江西美术出版社2018年版，第38页。

传奇。

除以上才貌双全之外,第三个特征是性情怪异,这是传奇命运的关键。这些人大多有不同于一般人的性情。比如霍小玉,"乃引左手握生臂,掷杯于地,长恸号哭数声而绝"。①鱼玄机也一样。她命运转折之后,先是"志慕清虚",遂出家做了道姑,后又与文人们放浪形骸,大概是才情不能自控,这也是才高而德薄之表现吧。董舒仲把人性分为三等,第一等人拥有"圣人之性",受命于天,近乎全善,道德完全,是上品;第二等人性是"中民之性",可善可恶,道德不全,是中品;第三等人性乃"斗筲之性",瞑而未觉,近乎全恶,是下品。古人又说,文人无行,意思大抵是说文人者,才高八斗,然道德不全,所以往往成了小人。李益才华虽高,但道德不全,人品方面只能说是中下品,反不如霍小玉一个女子者。然霍小玉虽能守节,但死时有恶怨,死后有恶行,显然只能说是中品。鱼玄机虽然比霍小玉有才,仍属于中品,两人有善的一面,也有恶的一面,假如再论其行为,尤其是杀人一事,则亦属于下品。才貌为人关注,德薄令人叹息。

从孔子提倡教育之目的乃成为一君子时,教育便不是为了单纯地成才,而是成人,成为君子—— 一个有德性的人。这便是"文明以止","文以化人"。孟子和荀子分别从"性善"或"性恶"两方面讨论过教化对人之重要。董仲舒认为才华乃天授,而天性也为天赋,这便是德性,故有三论。扬雄也赞赏此说。一直

① 鲁迅编:《唐宋传奇》,江西美术出版社 2018 年版,第 41 页。

到韩愈，仍持三品说。然而唐时圣人之教已褪色，胡人之风正盛行，所以才有怒放之诗才。诗才乃天文，道德乃人文。故而有李白之天才，杜甫之诗圣。唐时文人比德行者少，只比才华。直到韩愈起，才重启圣人立德之事，但也未能力挽狂澜。唐传奇即在这样崇尚才华、崇尚任性和欲望的时代出现，所以文人们多有才而无行，女子多悲怨而终，特别是有才华的女子更是如此。一定意义上讲，这些传奇都是才与德之较量，而命运便在其中矣。

鱼玄机也一样。皇甫枚在文后附上鱼玄机的诗作以供后人怀想：

其诗有"绮陌春望远，瑶徽秋兴多"，又"殷勤不得语，红泪一双流"，又"焚香登玉坛，端简礼金阙"，又云："多情自郁争因梦，仙貌长芳又胜花。"此数联为绝矣。①

在狱中亦有诗曰："易求无价宝，难得有心郎。明月照幽隙，清风开短襟。"此其美者也。

最后两句，使人想到李益之诗："开帘风动竹，疑是故人来。"真的是天人合一，出自天然。这样的诗才，想必无几人能及。所以及至狱中，"朝士多为言者"，说明人皆惜其才。

接下来的几段，便话锋一转，直接引出另一个人物绿翘，并且写其如何致绿翘而死和如何案发而被戮。真的是令人无比惊

---

① 皇甫枚撰：《三水小牍》卷 2，中华书局 1958 年版，第 32 页。

讶、惋惜而又沉思之。"一女僮曰绿翘，亦特明慧有色。"此句不凡，对于绿翘的才华和外貌均给予肯定。绿翘是鱼玄机的女僮，虽然跟随鱼玄机，但是她"自执巾盥数年，实自检御，不令有似是之过，致忤尊意。若云情爱，不蓄于胸襟有年矣"。[①] 绿翘说跟随鱼玄机入道观之后，就十分检点，情爱这种事情她已经很久不碰了。这里可见绿翘是一个重德行的女性。她和鱼玄机的性情可谓天差地别，但鱼玄机对她颇不信任。原因是有一天鱼玄机出去时，有一个她的老相好来了，没见着。"客乃机素相昵者，意翘与之狎。"她怀疑绿翘与来客私通，对其严刑拷打，鞭笞致死。面对鱼玄机的拷打，绿翘说："炼师欲求三清长生之道，而未能忘解佩荐枕之欢。反以沈猜，厚诬贞正，翘今必死于毒手矣。无天则无所诉；若有，谁能抑我彊魂？誓不蠢蠢于冥莫之中，纵尔淫佚！""言讫，绝于地。"[②]

不意间，又引出另一奇女子。两者相比，真的是立判高下。此绿翘，使人立刻想起霍小玉来，两人死得都很决绝，柔弱之中有烈性。这篇小文章，意在写鱼玄机之才情，最后竟落在了绿翘身上。此种对女性关怀的书写恰是唐人传奇《三水小牍》的一大特点，另一个故事《步非烟》也有相似的描写，结局都令人深感惋惜。

这大概就是唐人的良心之一，竟然不在唐诗中，而在传奇里。唐诗大都写的是"天生我材必有用""一日看尽长安花"的才子心

---

① 皇甫枚撰：《三水小牍》卷 2，中华书局 1958 年版，第 32 页。
② 同上。

情，大都是男人的快意人生，而这唐传奇里，便道了些"野史"，说了些女人的事情。

二、鱼玄机及唐传奇女性影视改编

天道循环，因果往复。正是因为历史的各种不幸，所以在后世便生出种种善果来。唐代士林阶层以及男权的高压，导致女性的种种不幸，唐传奇以奇为巧，以女子的种种命运为材料，而编织出血泪与笑声混搭的世俗镜像，读之往往过目难忘，令人常常掩卷沉思，慨叹中又不得其解。单说是制度之不幸造成那些奇女子不幸之命运，似乎也不妥，因为诸如鱼玄机之杀绿翘完全是其嫉妒之心的恶果，而霍小玉之死也不能完全赖在制度上，全在其执着之心。或者说那些命运全是个性使然，也不对，没有整个社会制度与道德的氛围，又岂会造出那样的悲剧来。个中缘由，只能说是混沌一片。每个人无往而不在历史之中，然而历史之中的个人又无时无刻不处在个人的孤独与天地的启示中，谁能活得自由与洒脱，谁能活得有价值或长久，全在个人的修为之中。因为就我们过去的历史，没有全美的，都是存在极大的缺陷，每个人都是在这缺陷中全美着自我。所以，在这个意义上，唐传奇又太局限，往往纠结于因果的恶报，没有去化解这无尽的仇恨。假如霍小玉有智慧者开导，李益也便不会有后来的婚姻，更不会有自身的悲剧。假如鱼玄机有道德的追求，而放下任性与嫉妒，也便不会有绿翘之死，更不会有她自己的被杀。

历史的死结不是由无人负责的历史去回答，而是由历史之中的觉悟之个人回复、抗争并改写，而那些个体命运的书写也全由自我来关照。在这个意义上，唐传奇为后世的写作开辟了广阔的路径。这大概也是后世对唐传奇一再去改写的原因吧。制度的革命和宗教的关照往往会使人物命运起死回生，并获得自由。影视的改编也是由这种历史的和个人的冲动而激发。

1984 年，邵氏集团推出由万梓良和夏文汐主演的《唐朝豪放女》。网上有人说这是"继《霸王别姬》之后最好的影片"，是邵氏集团最好的影片，"导演和演员极其用心地营造了唐末的生活画卷，演员的表演也相当到位。但很不幸被归在色情片行列。连名字也显得庸俗。可是在庸俗的背后，这部影片应该是埋在砂子里的珍珠"。[①] 很多网友都是因为看了电影，回头又看唐传奇小说，两两对照，然后再与现实进行对比，便有无数评论。

网友们的这些评论相当于是后来"发现"了这部影片，但不管怎么说，因为其在当时尺度有些大而一直未在内地公开上映，人们都是通过地下流行的碟片或网络上看到的，所以也没有太多知名学者的关注，更未引起人们太多的关注。

电影《唐朝豪放女》中，一开始便是鱼玄机在道观中修行的场面，她丈夫李亿和夫人一起来找她，希望她回家，她则受够了夫人的虐待不愿意再回家。她由此而入了道观，开始修行，但修行中又因为不能固守道德而被道观驱赶，便带着绿翘来到平康里

---

① 邵峋：《如何评价邵氏老电影〈唐朝豪放女〉》，https://www.zhihu.com/question/34086730。

居住，日日邀请名人文士来家里寻欢作乐。其间她遇到了几个男子，一个是大名鼎鼎的温庭筠，他又给她介绍来一位永道士，是位只想与她讨论文学不愿与她苟且的文士；还有一位是欧阳铸剑，也是一位爱慕她却又不愿与她进一步有关系的男子。她引诱着他们，挑战着他们的道德极限。一生之中，她似乎只爱着一个男子，即剑士崔伯侯。他们一见如故，都是想要大自由的人，但崔伯侯并不愿意在一个地方留得太久，而是想一生漂泊在外，行侠仗义，令她总是很神往，她也向往自己若是一位男子该有多好。这大概是唐代文人们的一种向往，《虬髯客传》中风尘三侠便是如此。鱼玄机若是跟着崔伯侯浪迹天涯，也未尝不可，但她没有选择这条路。

　　侍女绿翘颇有些姿色，从小跟着鱼玄机，但绿翘有自己的想法。她曾看着鱼玄机在李亿家被虐待，也曾看到鱼玄机做道士时的各种情景，还曾被鱼玄机逼迫喝下春药与其进行肉体的狂欢，然后被道观赶出。后来，她认识了一个小伶官，与其相好，但却在一次陪永道士回家的路上被永道士强暴。后来，她们遭遇了一次强盗的袭击，崔伯侯突然出现杀死了强盗。崔伯侯顺便问起了绿翘，这令鱼玄机大为不快，醋意顿生。大概也是她的身体已经显露出一些端倪，所以鱼玄机在问她是否怀孕时，她便承认了。但是鱼玄机怀疑是绿翘与崔伯侯之间有染，所以逼问绿翘是谁的孩子，绿翘一一否定。此时，绿翘表达了要回乡下过平静生活的愿望，鱼玄机便顿生杀机，将其杀了。

　　当人们再来鱼玄机的住所时，纷纷问绿翘去了哪里，她说回乡下了。从事乐舞的几个小伶官无意间发现了绿翘的尸体，于是鱼玄机便入了狱。行刑的时候，崔伯侯来救她，她明明可以被救走，但她就是不走，最后硬是拖崔伯侯也被抓住。她对死有一种别样的理解。最后是欧阳铸剑到场，手起刀落，两人没有痛苦地离开了这个世界。

如此来看，电影《唐朝豪放女》确实把几百字的鱼玄机故事精心地表达圆满了，也理顺了，使她有了一种常人无法理解的性情，也使她杀绿翘的动机和方式更为合理。电影中鱼玄机的性格被刻画得非常多面而丰满，一个过分争取独立、自由的女性被塑造得活灵活现。如果电影不是过分地用色情的镜头来表现鱼玄机，而更多地通过与众人的联系和她自己的独处而表现她内在的孤独，或许要算一部上乘之作了。电影中最令人动容的是鱼玄机在刑场上的表现。她对死亡似乎是向往已久，而对崔伯侯的拯救也予以拒绝。

《唐朝豪放女》是导演方令正的处女作，在港台声名大振，之后他还导演了《郁达夫传奇》《川岛芳子》等影片，闻名影坛。有人说《唐朝豪放女》是受日本风格影响太大，如果与《郁达夫传奇》《川岛芳子》两部影片结合起来看，确实能看出这一点。从这个角度看，侯孝贤的《聂隐娘》也有日本影片的影响。《唐朝豪放女》之所以拍成这样一种风格，这与整个世界影坛、香港影坛的走势有关，也与导演对唐朝的想象有关，还与他的个人影视美学立场有关。

首先，从 20 世纪 60 年代起，欧美世界就兴起轰轰烈烈的性革命运动，性解放成为那时的主题，爱情至上、女性主义、性生活的开放与自由、妇女走出厨房宣言等，都是影响整个人类世界的思潮，对香港的影响也极大，新浪潮电影也开始兴起。从 60 年代起，西方电影就开始拍摄各种情色且风行世界，这部影片也可以看成欧美世界的性革命之风影响到香港的一种表现。《唐朝豪放女》中，崔伯侯问鱼玄机："你这么有学问，为什么要做女道士?"鱼玄机答道："我不喜欢做人家的妻子、不喜欢做妾、不喜欢做妓女、不喜欢做尼姑，我舍不得我的头发，只能做女道士。"她羡慕崔伯侯的自由，说："做个男子汉真好，得意的时候可以高官厚禄，失意的时候可以漂泊江湖。"男权社会中，男性因其社会主体性而有充分的自由，女性就只能在婚姻家庭的高墙院落的方寸之间舒展活动，只能依附于男性，没有可能获得自由。这段对话，可算是电影借鱼玄机之口发出的女权宣言。同时，鱼玄机入平康里之后，观中有与客人玩乐的女仆，男客拿着烟花试图烫女仆取乐，鱼玄机制止并说："很好玩吗? 他们也是有皮肉的，在我这个地方，大家都是一视同仁的，男人可以玩女人，女人也可以玩男人。"这也是对男权的挑战，是对平等的向往。当然，也有对不平等社会的整体反抗。电影中，鱼玄机恼羞成怒杀死绿翘时，说："我一直把你当成我妹妹，你为什么想到要赎身? 为什么把自己看得那么下贱……你是一个女人，你不是奴婢。"绿翘："我是奴婢!"鱼玄机："你不是!"鱼玄机自认与绿翘心意相通、思想同步，但没想到绿翘还是选择赎身回乡嫁人生子，依附男人，她似乎是出于对这个社会的仇恨才挥剑杀死了绿翘，而不仅仅是出

于对她的嫉妒。这一点是高于小说的。到她被处以死刑时，崔伯
侯要救她，她仍然含笑面对，不愿意被救。她以死亡的方式来嘲
笑男权社会。那种微笑令人想到林青霞在《笑傲江湖Ⅱ：东方不
败》中扮演的东方不败那种傲视群雄的笑容。

其次，从电影中的场景、服饰、音乐、舞蹈等设计来看，表
面上是想象了一个唐朝的盛世，而这盛世也正好与欧美世界的这
种娱乐化、欲望化的社会景观相似。那么，它就令人遐想，这到
底是盛世，还是末世？若从物质的繁华来说，这确实是盛世，但
从个人的道德来看，这却是末世。真的应了中国文化的"阴中有
阳，阳中有阴"和"物极必反"的道理。唐朝的衰败也在这里预
示了。

再次，个性化的追求也促使影片成为这样一种风格。方正令
一方面受欧美电影的影响对情色细节情有独钟，另一方面他又钟
情于表现恋足等变态的审美，所以就导致了这种影响在总体上表
现出情色至上的风格。电影中，鱼玄机与绿翘的同性性行为、鱼
玄机家中夜宴时很多女子裸露的场景、鱼玄机尽情展示的种种情
色场景，都使这部影片表现出强烈的情色意识。

最后，当然也与邵氏电影在 80 年代的处境有关。那时，邵氏
电影已经走向衰败，《唐朝豪放女》是多种风格的融合，一方面是
题材上仍然沿着邵氏电影改编中国民间故事和传奇的路径，另一
方面又融合了新浪潮电影的诸种声音，当然，出于商业利益的考
虑，情色最与钱财相关，这也是这个故事呈现为这种风格的原因
之一。

　　如果说电影《唐朝豪放女》侧重于写鱼玄机的性情、志向和抗争的话，那么，到了电视剧《历代奇女子》时，对鱼玄机的改编则侧重于她的诗人身份。在每一集的片头，都分别展示了鱼玄机的不同诗句。在《历代奇女子》当中，编导没有太重视鱼玄机来到道观以后自在洒脱的人生变化，而是将她来到道观这一情节作为她爱而不得的逃避之所，这就使这一人物开始走向与电影完全不同的另一种命运和风格。

　　电视剧《历代奇女子》改编拍摄了中国古代四位传奇女子的故事，分别为《吕后》《鱼玄机》《缇萦》及《白寡妇》。吕后和缇萦都是汉代人，白寡妇是清代人，唐代那么多奇女子中，只选了鱼玄机，足见这个人物在人们心目中还是有很大的分量的。

　　这个剧的改编又一改《唐朝豪放女》的风格，成了另一种格调。电视剧的改编基本上沿袭 80 年代香港电视剧的风格，将鱼玄机写成一个经历了三段婚姻的女性。她原名叫余惠兰，是一个非常有诗才有品格的女子，天资聪颖，好读书，能诗文，约十岁左右，就与著名诗人、词人温庭筠相识，与其学习吟诗作对。她与温庭筠以兄妹相称，温庭筠常常来她这里喝酒。后来介绍李亿与其相爱，娶为妾，却被正妻所不容，终于被弃，然后又与李子安相约婚姻，结果李子安回家后未返，等她去江南找到他的时候，他正在与别的女子打情骂俏，便愤然而回。在温庭筠的撮合下，她最后与最初喜欢她的陈桐走到了一起。但是，她从江南回来时，遇到了一个不幸的女子，叫绿翘，她看着顺眼，又见她无依无靠，便将她带回了长安，谁知绿翘很快就以她的美貌打动了长安的一众文人，大家不再理玄机了，而是向着绿翘献殷勤，这就引起了玄机的种种不快。后来她又发现绿翘常常和陈桐在一起，便起了疑心，任凭陈桐和绿翘如何解释，她已鬼迷心窍，不能再相信他们了。对往事的一次次回忆，现实的一次次冷落，她在不慎中竟将绿翘失手砸死了。在狱中，很多人都想救她，也有官员想占有她，而她再也不想活下去了，便喝下毒药死了。最后的变化和结局似乎有些不通情理。鱼玄机的情绪转变太快，即使是失手似乎也不是太合理。

到此，我们发现故事成了另一个故事。电视剧中的鱼玄机也是才华超群，但是性格还算稳定，没有电影《唐朝豪放女》中那样鲜明，给人一种平淡无味的感觉。她不是一个与现实斗争的人，也不是一个叛逆到无所顾忌的人。她即使后来有些浪荡，很快也就转变过来了。

三、两个问题

一是今天如何看待鱼玄机之死和古代社会女性之命运。唐传奇中是因为她心生嫉妒而杀死绿翘被官府法办，历代读者除了产生惊奇之外，似乎对这样一个原因而导致其死亡虽然慨叹，但也再无他议。毕竟人之嫉妒与才华是共同产生的，此乃人性所限。鱼玄机有才，在当时的女子中间已确实为奇，再加上她因为出身和后被李亿所弃而放浪形骸，所以风流之名显于世，再加上其嫉妒之心也竟然那么大，生生将自己的女僮打死。这当然为奇，只是小说就此止步，再无可议论之处。生在唐朝，也可能是她能出头的原因，但也因为生于唐朝，男权和伦理上的缺陷同样也导致她死亡。所以说，她是历史的一个死结，并非她个人的死结。她的死亡是历史之中的个人无法抗拒的，这也许在古代除了成为道姑或者彻底隐居，再无别的路可选。

百年以来则不断会有人问，她真的只能死吗？这便是人们重新书写和改编鱼玄机传奇的内在动力。王小波是当代的传奇作家，很多奇思妙想也非他才能出，但他在《寻找无双》中重写鱼玄机时，竟然也还是让她死，只是死的时候说了如下一番话："后来人们传说道，鱼玄机在死前吟诗道：易求无价宝，难得有情郎。其实不是这样。鱼玄机说的是：很难受呀。就不能一次解决吗？那个文书耸耸肩膀走开了。然后鼓声又响了，又绞了她一次。这一回她咳嗽了很久，哑着嗓子说遗言道：我操你们的妈！"①看来身为社会学家的王小波也只能在情色和人物的小处着墨，也没有新的解法。

人们或许没有问过，鱼玄机真的非死不可吗？她就没有出路了吗？她非得走上杀了绿翘而获罪这样一条死路吗？这是生于这个世纪的我们能问的问题，也自然是那个时代人们的问题。这可以称之为历史之问。与她同时代的人何尝不是她同样的命运。霍小玉为何只能那样委身于一个才子？她本是皇家女，却一朝沦为倡家女。是她没有才华？还是不愿劳作？皆不是，是制度故。女

① 王小波：《寻找无双》，北京十月文艺出版社 2017 年版，第 34 页。

性是男性的附庸，她们的幸福与自由皆系身于男子。此为一。她们即使如杨玉环倾国倾城者，也得知道自己守的是什么德。若是能守住，幸福自然来。若是守不住自己，则只能香消玉断。德从哪里来？庄子说过，在自己的职责。一家之妇，在那时则为相夫教子；一国之母，则是母仪天下，安邦定国。试想想，哪一个文人为杨贵妃鸣冤时想过她应当守什么德？就像张生、李益之徒，皆被美貌和才华而折服。为杨贵妃乃至后世的潘金莲等辩护者，皆为个人主义者，即不管自己是什么样的人，只要那任性、放纵。《唐朝豪放女》难道不是这样的思路吗？这难道是解决那个时代的钥匙吗？把电影中的鱼玄机放在男女平等的今天，她那样做是否会得到自由？是否会感到幸福？显然也不可能。那么，我们还得回到时代的旋涡里去一探究竟。

　　鱼玄机出身不好，这在那个时代首先是有了原罪，就类似于今天我们说原生家庭不好很多孩子会得心理疾病一样，而后天也会导致他对社会和他人有伤害。显然这是时代的偏见，但这样的偏见也来自经验。所以可以想象，在倡家长大的鱼玄机在家庭生活里定然守不住妇道，电影和电视剧都未能从她的过往去分析她的行为，都是想当然地要为她平反，这样就会冤枉了别人。所以，后世的文人包括女性主义者们都是铁了心为她们鸣冤，不惜改写历史。这其实是为了今天的目的。把杨贵妃硬是要写成一个有才有德之人，把唐玄宗也从皇帝的位置拉下来，使他成为一个情种。把他们的历史使命都扔掉不管，只要那个人。这是真的历史吗？今天的编剧们都未曾真正研究透历史，故而将历史简单化了，娱乐化了。这样的改编只能说是镜花水月，泡沫罢了，既不能帮助人们理解历史，又不能对现实起到好的作用，因为他们倡导的个人主义在今天已经过头了，过剩了。

　　另一个历史问题，女子有才怎么办？武则天有才成了女皇，上官婉儿有才成了一代女官，她们彼此成就了对方。前世和后世基本上就没有了，似乎也就她们俩，其他的才女们就很不幸了。霍小玉之才只能沦为男人们的闲情雅致，杨玉环之才则被骂为祸国殃民，鱼玄机之才也成为倡优之好而已。"女子无才便是德"，这是古人常说的话。《易经》云："地势坤，君子以厚德载物。"①这是从天地之初说起，是道法自然的观念，所以又说："乾坤立，天尊地卑，乾坤定矣。卑高以陈，贵贱位矣。"② 从天地之自然的观察，确定了男尊女卑的伦理。这大概是后世要重新去确立的，但至今未有人论述，故而不能从根本上改变男女不平等的伦理。那么坤德是什么呢？又云："坤至柔而动也刚，至静而德方，后得主而有常，含万物而化光。坤道其顺乎，承天而时行。积善之家必有余庆，积不善之家必有余殃。臣弑其君，子弑其父，非一朝一夕之故，其所由来者渐矣。由辩之不早辩也。"③ 这里不仅讲女性道德，也讲作为儿子的道德。从《易经》上讲，事物的特性分阳分阴，阳为动，所以主外，阴主静，所以主内。这就是古代社会男女的伦理定位，并不是周公或其他圣人凭空来确定的。他们

---

① 《周易》，万卷出版社 2009 年版，第 14 页。
② 南怀瑾：《南怀瑾著作珍藏本　第 3 卷》，复旦大学出版社 2000 年版，第 77 页。
③ 《周易》，万卷出版社 2009 年版，第 18 页。

是在观察天地和万物的特性后确立的。但是，因为普通人是不明白这个道理的，也不尊重这个天地至理，所以总是有以下犯上，总是有以才量物的行为，而且这种行为已经时间很长了。正是在这个意义上，孔子才说："唯小人与女子难养也，近则不逊，远则怨。"① 《左传·僖公二十四年》："女德无极，妇怨无终。"② 到了宋以后，女德方面专门有了确立，甚至有《女德》一书，再后来便有了烈女贞妇一类的奖励。但是，有了女德，却无男德的确立，天地便倾斜了，这就是后世对女性的压迫而导致五四时期文化鲁迅首先从礼教方面来反抗旧思想的结果。《唐朝豪放女》和关于杨贵妃、武则天等一系列影视剧的改编，甚至都是沿着鲁迅和新文化运动的这样一个路径而展开的，但是，鱼玄机不是以道德的方式展开反抗，而是以毁灭女性道德与自由的方式来展开就一定合适吗？显然，这是无力解决此事而采取的一种决绝式方案。

如果没有平康里的岁月场，鱼玄机就不会遇到温庭筠这样的大诗人教她为诗，她也就不会有诗才的展示，问题在于她有这样的命运。这便是个人的命运在整个历史的命运之中的缘故，要反抗个人的命运就必须反抗整个时代的进程。这得有机缘，得等到历史之命运即将转折的大趋势来临之时才有可能。所以，祥林嫂虽在这样的转折时期却无可能，子君也不可能，莎菲女士也不可能，只有白毛女有了这样的命运。当我们沿着这样的历史逻辑来

---

① 杨伯峻：《论语译注》，中华书局 1980 年版，第 191 页。
② 库勒纳、叶方蔼等编撰：《康熙·日讲　春秋解义》，李孝国、杨为刚注，中国书店 2018 年版，第 338 页。

回溯唐传奇里的女子命运时，她们的一系列抗争其实是无效的。中国文化的车轮到盛唐时正好达到顶峰，不可能为他们停止旋转或发生转折。

在这样的历史之中，鱼玄机因天赋才华而成诗名，这反而为她带来了巨大的苦恼和悲剧。如果没有诗才，她可能就确认了时代给予她的道德伦理，而偏偏是天地给了她这份诗才，令她名满京华，恃才傲物。这样的人，这样的性格，哪里会委身于妾，再加上平康里的生活习惯，自然不会听命于夫人的使唤，更不会遵从彼时家庭伦理的束缚。所以，她不容于家庭也是可以想见的。关于这一点，电影《唐朝豪放女》和电视剧《历代奇女子》中都没有进行很好的梳理与把握，所以与人物的过去生活割断了联系，变成了另一个鱼玄机。这是有失公允的。

鱼玄机只好出家。关于这一点，也是武则天、杨贵妃和很多女子之出路。即在朝廷和家庭伦理中得不到认可，便到寺庙里寻求个人的精神出路。现在的电视剧都经常使用这一路径来设置女性主人公的命运，成为一个常规动作，也是符合历史道德伦理发展脉络的。但因为中国人对世俗生活的热爱，所以视这样一条出路为走投无路时的选择，并非人之自由之归途，故而几乎所有电视剧也便都有一个反转，让女性主人公在寺庙里生活一段时间后又返回到世俗生活中。世俗尘烟仍是中国文化追求的终极目的。从这个意义上也不难理解中国人为什么非常喜欢《维摩诘经》了。敦煌莫高窟156窟是唐时张议潮家族开凿的，一方面记录和赞誉张议潮被封为河西节度使的功绩，另一方面又画下千佛与经变图，尤其盛赞维摩大士。这就说明他们一方面想拥有世俗的荣华富贵，另一方面还想成佛，死后在西方极乐世界永享欢乐。这大概是整个盛唐的思想。无论是李世民，还是武则天，他们在天下大兴佛事活动，都与这种心理分不开。这也是武则天、杨贵妃可以随意进出寺庙的原因。在唐人看来，俗世与天堂只是隔着一道圣旨而已。

鱼玄机也选择了这样一条路，但他没有圣旨，她只能靠她自己。这又是她不甘于在道观里寂寞度日而被道观开除的原因。当然，尽管我们也可以举重若轻，置整个社会的礼教道德而不顾，只将她像电影《唐朝豪放女》那样重新塑造，将她的痛苦、追求爱情的权利以及追求自由的心声放大，从而召唤今天的人们改变自己，然而，关掉屏幕，我们仍然有很多历史的死结无法打开。她还是只能死去。在死去的道路上，有无数种可能。传奇中却只有一种，即将绿翘杀死，从而引发自己之死。假如没有绿翘之死呢，她反抗那个礼教社会又能做到何种程度？在那个时代，只有道家给了她一条出路，那就是修道，摆脱整个道德社会，进入一条通往个人精神自由的道路。很多人因此而获得智慧，获得大自由。但传奇写作者首先是将道家的这条道路看成迫不得已，看成人生无望之后才做的选择。这也是电视剧《历代奇女子》改编的观念。她并没有获得。在这个时候，诗才妨碍了她，成了她通往智慧之路的最大障碍。最后当然是情感的固执，使她产生了爱情，也产生了嫉妒。这样的人即使活在今天这样一个开放平等的时代，难道就没有悲剧吗？

　　为什么20世纪的人们会几次三番地改编她，包括改编潘金莲、杨贵妃、武则天等，无非是想拯救男权礼教下的女性，然而，另一个相伴随的问题也随之而出：难道因为解放女性就任由女性性自由、无道德，可以任性地活着，就像《唐朝豪放女》中的那样？那么，我们同样也可以问问历史：在男权时代，男人是否同样可以不顾道德、礼仪，随意而为呢？当20世纪风起云涌的女性解放和女性意识的高涨，导致家庭这个基本元素无法弥合为一个有效的社会基因时，这些问题就又重现在我们面前。今天很多家庭的问题恰恰是这些观点、意志的无限扩张而导致的。我们是不是可以不要家庭？但现实生活中，只要家庭不幸的孩子长大后一定会有一颗不安的或者病态的心理，这是生活给予他的，难道历史就要带着这样的病痛而前行吗？

　　所以，我们同样也可以设想，鱼玄机即使生活在今天，也是不幸的。《唐朝豪放女》和《历代奇女子》，包括王小波的《寻找无双》仍然是病态的不得已的各种选择，并非最好的出路。

　　那么，最好的出路在哪里？恐怕只有两条出路，一是制度的革命，二是个人的修身。前一个在历史中是不可能实现的，那么也就只有第二种了。既然女子们都想要男子一样的权利、平等与自由，那么我们可以看看男子如何才能立身。此时，我们可以继续去看看唐传奇中那些男子的处境。电视剧中，鱼玄机第二次恋爱的对象是李子安，他信誓旦旦离开，回去便被父母控制，要求他必须娶一个贤良女子。而李益也一样，"未至家日，太夫人以与商量表妹卢氏，言约已定。太夫人素严毅，生逡巡不敢辞让，遂就礼谢，便有近期。卢亦甲族也，嫁女于他门，聘财必以百万为约，不满此数，义在不行。生家素贫，事须求贷，便托假故，远投亲知，涉历江、怀，自秋及夏。生自以辜负盟约，大愆回期，寂不知闻，欲断期望，遥托亲故，不遗漏言"。"时生所定卢氏女在长安，生即毕于聘财，还归郑县。其年腊月，又请假入城就亲。潜卜静居，不令人知。"①一方面是那时强调孝道，且婚姻要明媒正娶，他们俩没有媒人，也门不当户不对；另一方面，李益家贫，要找一个比他家境好一些的人家联姻，可以帮助整个家族，作为男子，自然也得考虑这个问题。第三个原则当然也是个人原因，是李益本身个性弱，道德感不强，故而失约。从李子安和李益的情况来看，在婚姻一事上他们也由不得自己，这便是"父父子子"的古代伦理限制。

所以从这个意义上来讲，假如我们真的去讨论古代的爱情、婚姻、家庭以及社会伦理，我们是无法给他们一个圆满的结局的。倘若真要有圆满的结局，那就得有别样的性格和背叛时代的勇气，且得有物质方面的资本方可，否则，即使背叛，也只能落得像鲁迅《伤逝》中的男女主人公一样。我们会发现，其实唐时的悲剧一直延续到了民国。

《易经》云："刚柔交错，天文也；文明以止，人文也。"说的是什么意思呢？李益与霍小玉，李亿和李子安与鱼玄机，唐玄宗与杨贵妃，包括武则天与传说中的若干男子的野史，都是天性

---

① 鲁迅编：《唐宋传奇》，江西美术出版社 2018 年版，第 40 页。

俨然，属于"刚柔交错"，就两个人来讲，并没有什么不对。所以西方人在上个世纪便有了另外一个理念，即成年人有权支配自己的身体，只要双方愿意，可以发生性行为。后来，便发展成多边恋。再后来，就有了换妻游戏，等等，不一而足。这是尽可能地从社会性中把人性释放，发挥人的天然的一面，这也是"刚柔交错"，但是，它带来的结果呢？那便是人类文明的丧失殆尽。家庭伦理被冲散，千古以来人类建立的忠信诚义等道德也不复存在，一切都以人的身体欲望为依据。人类回到了天文时代，即动物性时代。显然这是走了极端。此时，恰恰体现出后一句话的重要性："文明以止"。这些来自身体基础上建立起来的"天性"并非全是善的、美的，当它对人类社会造成伤害、破坏的时候，它就是恶的、丑的，甚至是假的。所以，从这个意义上我们重新来体会《易经》所确立的人文理念，便能讲清楚这个道理了。但是，这也就是说文明是要约束人的一部分"天性"和自由为代价。所以，当李益和李子安回到家庭中时，便是以"文明"来行事，也就是世俗法则约束了他们，先前的"天然"在此时受到了"文明"的打击。

　　天然的事是没法讨论的，能讨论的就只有"文明"。一时代有一时代之文明，全因文化使然。故而这也是近百年来批判古代礼教的原因，然而，若全以天然为标准，那么，所有的文明就只能选择欧美社会在"性革命"时代的探索了，显然这也是我们所不能认同的。在这里，我们会发现，在"天文"和"文明"中如何寻找中庸之道也许是新的"文明"诞生的标准。没有完全的天然，也没有完全正确的文明。标榜天然者一定是极端自由主义者或自然主义者、极端的个人主义者，完全标榜文明者也一定是道德教条主义者。所以，每个人如何在"天文"和"人文"中寻找一个"文明"，便是其道德安放之地，也是婚姻家庭伦理的建设基础。

这恐怕是今后改编者们要思考的一系列问题。

二是关于情色的思考。20世纪以来整个人类的文学艺术如果要找几个关键词，第一个恐怕就是"情色"二字。情色与身体、自由、平等息息相关，甚至与政治、经济和文化也密切相连。经济学界有个"裙长理论"与此相呼应。1920年代，美国还是一个保守的社会，基督教伦理是每个人的信条，所以经济学家乔治·泰勒发现，在经济发达之时，女人们的裙子会变短，且配上丝袜，而经济艰难之时，她们便穿上长裙，丝袜也基本消失了。到1940年时，美国经济学家哈罗德观察社会后认为，经济繁荣与否与裙子没有多大关系。因为此时美国一如既往地保持着保守的道德生活。但到1950年代以后，美国人的裙子不但越来越短，且爆发了"性革命"，有关裙子的理论越来越流行。在中国社会，它也表现出一种相称的关系。这恰好印证了中国古人把妻子和财富常常合称为"妻财"一词，这里的"妻"不是单纯地表示妻子，而是泛指一切女性，也就是说金钱和女性有着深刻的关系。这也是男权社会对女性的不公所致，中外皆然。

随着"自由""平等"理念的进一步演进，进入20世纪后，两性平等伦理逐渐演变为女权主义运动。在欧美社会，一方面是社会主义思潮的兴起，爱情、平等、自由等主题成为一切社会革命和文化思潮的价值追求；另一方面，各种社会学说在科学主义的引领下，对神学思想进行了无情的批判，而对人的产生、发展进行了全方位的讨论。地理学、天文学、人类学、考古学、社会学、生物学、精神分析学、进化论、新物理学、遗传学、心理学等分别从科学的视角考察了宇宙的演进和人类的产生以及人的身体的各种实验，几乎推翻了古代社会建立起来的一套神学体系，道德系统受到前所未有的质疑和批判，现代主义、后现代主义的艺术不断涌现，均反映出人类重新站在动物性的一面来反抗古往，同时也试图构建新的伦理体系，但均告失败。这就进一步支撑了女权主义运动。女性要求自由支配自己的身体，女性有追求爱情和性自由的权利。在美国，发生了女性走出厨房运动，女性再也不愿意待在昏暗的厨房里孤独而压抑地为男人做饭，快餐文化就此发展了起来。而为了完成这一世纪革命，欧美社会的艺术几乎不遗余力地宣传性自由、性开放。如英国作家劳伦斯的《查特莱夫人的情人》（1928 年）至今影响较大，它宣扬的就是身体的解放。再如被称为天书的乔伊斯的《尤利西斯》（1922 年），里面也有性描写，被当局控告为禁书，还被读者骂为是最肮脏、最下流、最可耻的文字。提起它，甚至批评它都会脏了自己。后来上了法庭，最初被宣判为无罪而发行。这两部小说可以说在欧美世界开了文学关于身体写作的先河，此后，影响较大的作品有《麦田里的守望者》《洛丽塔》等。电影则很多，《毕业生》《本能》《红磨坊》《查特莱夫人的情人》《西西里的美丽传说》《深喉》《绝美之城》《年轻气盛》等。当然，还有一些被禁止上演的色情电影，但这些电影通过录像带、光盘和网络还是在世界各地上演，大多数没有什么艺术价值，宣扬女权主义，剧情多是女性如何报复男性以及社会的。这些影片可以帮助我们认识欧美社会的思潮变化。同时，同性恋逐渐在一些地区被合法化。李安的《断背山》便是我们熟知的最新作品。这些浪潮也传播到了整个世界。日本、韩国以及中国香港、中国台湾首先接触到了这些，然后逐渐传播到了中国大陆。如日本的电影《感官世界》影响很大，村上春树的《挪威的森林》对中国读者影响很远。这也就是将近一个世纪以来的情色革命。它与女性的解放是一致的。

欧美世界的上述文学和电影都深刻而快速地影响着中国的文学和电影。中国文学从五四开始就逐渐接受了这些思想。首先是鲁迅《伤逝》中的子君追求爱情、《祝福》中的祥林嫂之死、"娜拉走后怎样"的疑问，等等，然后便是周作人的"平民文学"，他们都是在思想上进行的启蒙与革命。到郁达夫、丁玲等有关情色描写的文学，在一定程度上保持与欧美世界的同频共振，开始进入身体和日常的描写，揭开了被历史和伦理裹着的身体的叙述。新中国成立以后，从制度上确立了男女平等，然后便是漫长的女性在各个领域追求平等的话语，文学的描述与讨论一直蔓延到世纪末。"文革"时期流行的《少女日记》、王安忆的《小鲍庄》、贾平凹的《废都》、陈忠实的《白鹿原》等，无不成为一时之热浪，冲击着社会固有的思潮。从1990年代开始兴起女性主义写作，从身体上追求自由、平等，最后到新世纪网络文学的兴起，陈染、林白的私人写作，卫慧、绵绵的美女写作，木子美等的身体写作，都是影响极大的文学现象，使女性主义达到极限。一个世纪的讨论与生活的实践告诉我们，中庸之道才是不二选择，女性的裙子适中即可。告子所讲的"食色，性也"，君子"好色不淫"和孔子所讲的"饮食男女，人之大欲存焉"才是最好的生活方式，一方面要承认情色生活是人之本性，另一方面又劝导人们，情色生活是要有节制的，有边界的，要以道德生活为上，用道德来束缚过分的情色追求。这便是至大包容的观念。

　　比如，在《唐朝豪放女》中，有文士永道士，本来是君子之士，他喜欢鱼玄机的诗才，还爱到风月场上游玩，鱼玄机挑逗和诱惑着他，他都克制着，但后来又莫名其妙强暴了绿翘。这个人物的设置完全是为了否定传统儒家的道德观的。还有一个人物是欧阳铸剑，她也对他极尽挑逗诱惑，但欧阳铸剑与永道士一样都未动摇道德理念。按人的动物性来讲，只要是阴阳相配即可，此时鱼玄机来引诱，欧阳铸剑（包括前面讲的永道士）即刻迎上去就好，但他们并没有，而是拼命地克制着自己。这反而遭到了鱼玄机的挖苦嘲讽。结果最后，欧阳铸剑似乎还爱着鱼玄机，到刑场上来给了他们痛快的一剑。这是典型的人性论者。按照董仲舒的观念，上品者只有圣人，所以孔子见南子，以礼相见。中品者，大多数人也，可善可恶。永道士和欧阳铸剑便是中品者，可善可恶。此时的人性，并不可靠，它要靠人的修养才能固守住善，但是一个世纪以来的艺术都嘲讽道德，深挖人性，最终发现人性与动物性并无二致，那点固守的道德也被看成是虚伪的，于是，鱼玄机的追求便进入虚无之境，再也找不到可以依托的基点。中西方文学和艺术对身体的探索都共同进入了虚无之境。这也是王小波的难题。

道德虚无是一个世纪以来人类最大的难题，为此，西方存在主义、现代主义、后现代主义、现象学等无不困惑于此。人们想在一个物质的肉体上建立起精神信仰的大厦，而不再依靠别的存在。人类学、社会学把人类古代文学建立的一整套伦理体系剥去，最后将人类的蛮荒岁月展示了出来，意思是这就是人类的真相。而考古学、精神分析学、心理学等都试图从人类的身体出发，来解释人类的精神现象。法国思想家福柯在《词与物》中批判这些新的学术把人变成一个个的知识碎片，而整体性的人消失了。这就使我们想到西方哲学从原子学说试图建立一个完整的世界观，但道德的支点始终未能找到，最终还要依靠基督教来完成道德的建设。牛顿、爱因斯坦和霍金都曾迷恋物理学，试图帮助人类找到一个可以自圆其说的世界观，但最终仍然在物质（宇宙的身体）世界里空转。量子力学的产生是一个新的阶段，科学家突然发现物质与物质之间的关联，物质与情感、道德之间的关联，这就意味着物质在最微观的层面依然是有能看得见、观察得到的身体的一面，也有观察不到但依然存在的道德、情感的一面。这与中国文化的世界观是一致的。中国文化一致强调"一阴一阳之谓道"，"万物负阴而抱阳"，"知不知，尚矣；不知知，病也。"意思是我们能够知道和观察到的世界可以称为阳，而看不到、观察不到但能感知到的世界可以称为"不知"，"知其白，守其黑"便成为中国人的方法论。人便是在这样的世界里确立自我，天地人三才之道便是中国人的道德、伦理产生的基础。按照天的方式为人设计伦理，然后以伦理来确立道德，这就是中国人的方法论。故而说，中国人不需要像西方的基督教这样的宗教来为道德张目，中国人只需要对世界有一个完整且科学的认识就可以建立完善的道德体系。这就是天人合一的思想。《易经》即这种思想的结晶。

如果按照西方学术界、艺术界的方式来思考世界和人伦，人类便重新回到了赤裸裸的动物时代，即"天文"时代。人类把身上的道德之衣一件件脱掉，最后剩下了赤裸裸的与动物毫无二致的身体。一个世纪以来，人们把人放在艺术和科学的实验室里，对身体进行了一番微观层面的考察，尤其对女人，从她们的脸、乳房、腿、臀部、阴部逐一去探索，最后一无所获。人们似乎觉得，想要知道一朵花的精神价值在哪里，就要一点点把花拆开去看，结果拆到最后是空的。

那么，精神和道德到底在哪里呢？

按照西方文化的方式，有两种途径来解决这个问题，一个是科学，现在科学基本宣告失败了；另一个是神学，宗教和希腊神话为西方人直接发布神的谕示，这是道德产生的普遍原则。现在，科学虽然失败了，找不到道德存在的理由，但是它可以反过来反对宗教与神学，所以整个20世纪便是科学与神学之间的斗争。

此时我们可以欣喜地发现，中国文化的整体观、自然观能给整个人类一线希望。这就是道法自然的世界观、中庸之道的方法论和在此基础上产生的一系列道德伦理体系。人是在各种关系中确立自身的，所以人的伦理必须在人与自然、人与家人、人与社会以及人与自身的各种关系中确立的，道德又是在伦理基础上确立的。正如地球的运行规则是在小的太阳系这个关系中被规定的，而太阳系又是在大的银河系的关系中被确定的，而大的银河系又是在无限浩瀚的宇宙空间中确立自我存在的价值、伦理与道德，就与庄子在两千多年前论述的那样："若有真宰，而特不得其眹。可行己信，而不见其形，有情而无形。百骸、九窍、六藏、赅而存焉，吾谁与为亲？汝皆悦之乎？其有私焉？如是皆有为臣妾乎？其臣妾不足以相治乎？其递相为君臣乎？其有真君存焉！"意思是如果你要问这个世界没有人主宰的话，世界为什么如此井然有序，但如果说你要找到这个真宰，却不知到哪里去找。

庄子的疑惑正是中国知识分子几千年的疑惑，但从大的角度来讲，他至少确立了一点，即这个世界是有规律地运行着，人处于其中，也一样要遵循这个规律。这个规律非人能确定，而是由广阔的世界自定。这就是中国人的文化，道法自然。人必须是在这样一个恒定的关系中确立自身的一切。如果用今天的科学知识进一步讲，在整个宇宙系统当中，地球自己是无法确立自己的存在的，即使是太阳系也不可能，何况人乎？所以，中国传统的天地人三才思想，可以召唤人类重新穿上衣服，重新做万物的灵长，重新以恒定不变的天道为依据而确立人道，这才是人文，亦即文明。这恰是中国文化的基本原理。因为在中国文化这里，最古老的道德体系全都是建立在对天地自然宏观认识的基础之上，是科学与伦理的统一，是天地人的统一。在此基础上，中国人才建立宗教，敬天地、孝祖宗、亲家人、爱世界，以此来安顿自己的灵魂和身体。宗教对于中国人而言是后来学习佛教而建立的。

从这个意义上来讲，《唐朝豪放女》虽然给我们提供了认识古代和今天中国女性的一种视角，但不值得提倡，而《历代奇女子》对人物心灵成长和扭曲的挖掘过于简单，也无多少价值，至于王小波的《寻找无双》虽然有些批判精神，也够锐利，但总体上也没给我们提供什么值得借鉴的路径，也无多少价值。对于中国古代文学的改编，要基于对中国传统文化的深刻认识和今天人类存在的巨大迷惘之上，重新去思考和确立新的可靠的伦理道德，才有可能是建设性的，否则便都是破坏性的。这对今天的人类是无益的。所以，我们要提倡建设性的思想和改编，要沿着建设文明的原则，要在向善的路径下进行改编，那么，唐传奇的改编就会另开新面，对当代中国人乃至人类也将是有益的。

（本文系 2018 年度国家社会科学基金重大招标项目"百年中国影视的文学改编文献整理与研究"［项目批准号 18ZDA261］阶段成果之一）

道立而文生：经典创造的方法论

——以《白毛女》为中心

近些年来，文艺界一直在讨论为什么中国的文学艺术普遍存在有高原无高峰的现状，为什么不能产生令大多数人共鸣且难以忘却的经典作品，同时，讨论最多的还有如何创作出具有中国气派、中国美学风格的文学艺术作品。何谓中国气派？何谓中国美学风格？但均莫衷一是，未有令人信服的正解。

最近，因为做关于文学改编影视的课题，认真坐下来重新观看了电影《白毛女》和歌剧《白毛女》，时隔经年，仍然被它深深地打动，几次热泪盈眶，想到毛泽东同志当年看过歌剧《白毛女》后落泪的情景，便感叹经典的力量真的是历久弥新。日本学者清水正夫早就说过："《白毛女》是任何时代都令人难忘的故事。"①的确如此。几天来，歌剧《白毛女》的唱词一直萦绕心头，常常

---

① 清水正夫：《松山芭蕾舞〈白毛女〉——日中友好之桥》，《新文化史料》1995 年第 2 期。

脱口唱出，竟浑然不觉。然后又按图索骥找到改编前的短篇小说、报告文学以及相关资料，一点点读完这些文字，一个时代的镜像便逐渐清晰地浮现于眼前，而有关经典炼成的步骤和方法论也逐渐清晰，以上问题似乎有了一个答案。

我所研究的这个课题不仅仅是对百年中国文学的影视改编进行一次历史性的梳理和总结，而且也面向整个中国的古典文学和历史传统，进行一次新的理论构建，在这个意义上，我惊讶地发现，歌剧、电影《白毛女》正好是反映新旧历史从断裂走向重建的一个艺术文本，是马克思主义中国化第一阶段具体实践的经典力作，是构建中国气派、中国美学风格的一个典型艺术文本。重新审视这两部经典，能让我们重温中国共产党在特定历史阶段产生的初心使命，能让我们再一次明白中华文明历史断裂处的必然性，能看到那个黑暗时期重建文明的理想之光与来自底层民众的巨大动力，这也就能让我们明白中国共产党在那个时期为什么能够成功，也能让我们重拾人类追求自由、民主、平等的伟大理想与中国五千年的文明进行新的融合与建构，开启人类文明的新道路和新境界。

一、改编之首要问题：主题凝练与时代精神之表达

（一）道立则文生

《文心雕龙》开篇即曰："文之为德也大矣，与天地并生者。何哉？夫玄黄色杂，方圆体分，日月叠璧，以垂丽天之象；山川

焕绮，以铺理地之形：此盖道之文也。"① 这便是庄子感慨的似有真宰然查而无实的天下和自然，今天我们称之为世界、宇宙、万物。它是有原理的，中国文化称之为大道。道立，则名生。故而有天有地有万物，有人有历史。西方文明也言天地，但更多强调神与人的关系，唯有中华文明，始终强调天地人的三才关系，所以有生态文明的世界观，有天人合一的人文观。这也成为今天中国文学艺术创作的一个基点。《文心雕龙·原道》还说："仰观吐曜，俯察含章，高卑定位，故两仪既生矣。惟人参之，性灵所钟，是谓三才。为五行之秀，实天地之心，心生而言立，言立而文明，自然之道也。""人文之元，肇自太极……言之文也，天地之心哉！"② 所以说，"为天地立心，为生民立命，为往圣继绝学，为万世开太平"便成为文人经天纬地的大事业，"文章千古事"，正此意也。这是中国古典文学传统的不二法宝。

故说，伟大文学在开篇之时，已有世界观，已立道心，《文心雕龙》已有示范，此便为《原道》，也即为今日我们所讲的艺术主题。然而世间能读懂《原道》篇者已极少，更多的人已经不读《文心雕龙》，以为这是中国腐朽的文以载道的说教文章，已无用矣，转而从西方借来一些生涩的理论，生搬硬套，哗众取宠。

纵向和横向比较梳理中西方历史发展和文学艺术的创作特点及原理，可以看出，《文心雕龙》所讲的这种方法不仅仅是中国文学艺术的传统典范，也是西方文学艺术的创作原理。《圣经》开篇

---

① 刘勰：《文心雕龙》，王志彬译注，中华书局 2012 年版，第 3 页。
② 同上书，第 3、5 页。

即立道。一种翻译是"太初有道，道与神同在，道就是神"。另一种翻译是"起初，世界混沌一片，上帝的灵运行在其间"。"上帝说，这世界要有光，于是就有了光"。从古罗马中后期至近代，西方文学无不是以此为道而进行创作，且在遥远的俄罗斯播下批判现实主义的艺术种子，产生了托尔斯泰、陀思妥耶夫斯基这样的文学高峰。这就是西方的文以载道。及至近代，进化论产生，尼采宣布上帝已死，马克思、克尔凯郭尔、萨特等又从各个方面凿其七窍，黑格尔基于上帝学说的绝对论宣告终结。道终而言尽，于是，另一种文学便产生，这就是现代主义乃至后现代主义。现代主义和后现代主义是反古典的，反道的，所以也可以称为无道之文学。

举凡中西文学史上影响大的经典，大致可分为二，一是每一个新的历史阶段，在大道重新确立之时，都有神话、诗史为其大道开路，塑造英雄，歌颂正义，如各民族的诗史，包括《圣经》《荷马史诗》《诗经》等，都在正面书写各民族的信仰之道和成功史诗，为教化所用。它们又成为下一阶段（轴心时代）诸子思想崛起的基础。但凡事物，包括历史本身都有产生、发展、高潮、衰落、死亡的过程，这既是马克思主义的基本原理，也是中国道家所讲的长生、临官、帝旺、墓、绝五个阶段，是佛教所讲的生老病死和成住坏空的过程，还是儒家首经《易经》中所讲的凡事物皆有春生、夏长、秋老、冬死的自然之理。历史也一样，也是一个事物，也在遵循这一规律。春生和夏长之时，是万物勃发和欣欣向荣之时，万物以此而歌颂大地，而在每一个历史阶段的春夏，就会有史诗出现，李白的诗可看成盛唐最旺盛之时的写照，"天生我材必有用，千金散尽还复来"。正如年少时不知有死，全都是生的愿望。这是盛夏。而身处安史之乱、盛唐急转直下时期的杜甫便是来到了秋天，他看到的是"万里悲秋常作客，百年多病独登台"。李白是"烹羊宰牛且为乐，会须一饮三百杯"。而杜甫则是"艰难苦恨繁霜鬓，潦倒新停浊酒杯"。这就是时代洪流在个体精神中的具体投射。有春夏，就必须有秋冬，所以，有史诗，便也必然有挽歌。《水浒传》一百单八将的反叛不仅仅是反叛具体的宋朝皇帝，还有那已然衰败的家天下。整部小说刀剑并起，秋声阵阵，天道已然不在统治者那里，而在江湖，所以他们才是替天行道。《红楼梦》既是这封建家天下的挽歌，是杜甫之后的哀歌，已然来到了冬天。在这个意义上，《红楼梦》里面王熙凤判词里的"忽喇喇似大厦倾，昏惨惨似灯将尽"就极具预言意味，而最后的"白茫茫大地真干净"也极其形象，描写的正是冬天的情景。故说《诗经》乃早春之诗，《史记》为盛夏之史诗，而《水浒传》乃秋天之刀革，《红楼梦》便是冬日之悼。到毛泽东《沁园春·雪》中"俱往矣，数风流人物，还看今朝"的出现，则宣告了冬天已尽，新的春天来临了。是时，正好是1936年2月，即丙子年寅月，冬天已经过去，春天已经来临。故说四季皆有经典，但大致分二，一为春夏的生旺，二为秋冬的肃杀寒凉。春夏之文，皆为绿色，百花盛开，竞相争妍，草木茂盛，人间艳阳天，故而皆为元气充足，史诗雄文迭出；秋冬之文，皆为枯朽灭亡之象，草木皆死，万物悲藏，人间凄冷之状，故而刀剑四起，文人替天行道，悲凉之诗脱口而出，悼亡之情字里行间。这便是道立而文生。

　　如此来讲，新中国的成立，必然是另一个春天的开始，大道重立，天下为公，诗文也将随之出。新中国成立前后，文学艺术方面出了一批史诗般的作品，如《创业史》《白毛女》《红色娘子军》等，但就目前来看，急就章多了一些，春之草木虽生，一如《诗经》一样，还需要修订方能成为经典，而类如《史记》"究天人之际，通古今之变"的巨型史诗还未产生。这是因为过去一段时间我们还处在社会主义初级阶段，还在政治层面进行构建，类似于周公时代的礼乐初创阶段，还需要经历类似于孔子一类的学者们集人类学术之大成的学理化演绎，这也就是马克思主义与中华优秀传统文化相结合。因此我们仍然属于确立大道、凝练大道的历史阶段，从五百年、一千年发展的历史大格局中去看待现在，从"两个一百年"的奋斗目标中看待现在，还不是国力最强盛的时期，用习近平总书记的话说，"中国已经可以平视这个世界了"，但离强国之时还有很长一段距离。

　　正是在这个重要的历史关口，要重新确立"天下为公"这个全人类共同向往的大道，向历史深处召唤五千年文明积聚的动能，在现实中则号召全中国人民一起奋力拼搏，实现中华民族的伟大复兴。道立，则文生；道不立，则文乱。故而说，创作经典的首要任务是确立道，即对主题的凝练。

　　（二）两种改编理念

　　百年来，关于文学的影视改编有两个大的思潮，一个是夏衍和谢晋主张的"文学改编要忠实于原著"，因为已经过去的 20 世纪是一个思想大变革的世纪，辛亥革命、五四新文化运动、社会主义革命和建设、改革开放，每一个时期几乎都是由文学为急先锋，发时代之先声。百年以来，文学承担了"国之大者"的使命，也因为如此，人们对文学怀着无比敬畏的心理。从古人的"文以载道""文章千古事"到五四时期和 1980 年代的文学替时代立心，为人民立命，因此，在 1990 年代中期的大众文化浪潮未到之前，文学始终处于无比神圣的崇高地位，1980 年代尤甚。所以在此之前，人们几乎不假思索地认为影视要忠实于原著。在这里，剧本也被看成"一剧之本"。我们可以看出，夏衍根据鲁迅的小说《祝福》改编的同名电影和根据茅盾的小说《春蚕》《林家铺子》改编的同名电影，都是忠实于原著，就连名字都没有改。《春蚕》拍于 1930 年代，属于黑白默片电影，导演为程步高，在夏衍的创作中属于尝试性的作品。《祝福》于 1956 年由北京电影制片厂摄制，是新中国第一部彩色故事片，由桑弧导演，白杨主演，这是夏衍获得较大成功的一次改编。《林家铺子》是由北京电影制片厂摄制，于 1959 年上演，由水华执导，谢添主演，影片获得很大的成功。当然，鲁迅和茅盾是现代文学史上最重要的两个作家，夏衍从内心深处非常尊重他们，所以他提出的电影改编"要忠实于原著"是有基本条件的。

谢晋稍有不同，但他仍然强调电影改编要忠实于原著。他是凭 1960 年拍摄上演的《红色娘子军》而享誉影坛的，该片获得第 1 届大众百花奖最佳导演奖。电影改编自海南岛上一群红色娘子军的故事，由作家梁信写成剧本。《天云山传奇》是他的第二个高峰，作家鲁彦周把小说写好还没发表，先改编成了剧本发表了，结果被谢晋看到后拍成了电影。到了《芙蓉镇》，可以说达到了谢晋创作的顶峰。《芙蓉镇》是茅盾文学奖获奖作品，电影选取小说人物最具特征的一些长相、穿着、生活的方式而对小说进行了还魂式的改编，既可以说是高度忠实于原著，又对故事情景进行了典型性改编，从而获得巨大的成功，获奖无数。同时代还有对四大名著电视剧的改编，导演们也基本上遵循着忠实于原著的理念进行改编。很多学者都曾参与到电视剧的制作中。

但是，到了1980年代，中国电影人从西方引进很多电影方面的理论，人们发现还有另一种理论，即从电影语言这个技术上生长出来的一种理论，这就是从光与影的创作技巧和观念、影像传播符号、空间叙事等方面发展出来的一套影视理论，它们是技术主义的，与人文主义走了不同的道路。它提倡电影改编不能忠实于文学，而是要忠实于电影本身，因为电影有它自身的艺术美学特征，电影可以从文学那里吸取一些灵感，但提倡要自己创作。这基本上是1990年代特别是中后期的电影创作的一大走向。我们可以从张艺谋的身上看出，张艺谋最有影响的几部电影都是与作家莫言、余华、苏童、刘恒、严歌苓等合作的结果，他的改编大体上都遵循于原著的精神。但是，从1990年代中后期开始，他开始向商业电影进军，便把文学搁置一旁，忠实于电影的商业精神和娱乐精神，这也是电影的两大属性。

这使我们马上想起先锋文学的发展经验。先锋文学也是从"怎么写"出发，把过去一段时期作家们推崇的现实主义创作精神的"写什么"抛到脑后，在语言修辞方面极力探索，最终导致文盛而质野。近些年的"非虚构写作"或现实主义的强力呼唤说明先锋文学经过三十多年的发展后也将走向尽头，文学又要走向文质彬彬的时代。电影也一样，也走了近三十年的技术主义的探索，现在也该重新回到文质彬彬的美学道路上了。

如果我们对文学与电影进行一个简单的总结，可以看出，新中国成立后前三十年是文弱而质盛，"写什么""拍什么"是首先要解决的问题，其次才要解决"怎么写"和"怎么拍"的问题。如果我们再进一步分析可以看出，"十七年"时期生产出了一批有影响的电影，这些电影有些是根据鲁迅、茅盾等作家早期的作品改编的，有些是根据当时一些一般作家的小说改编的，但在改编的时候导演和编剧重新进行探讨，大大超越了小说原著。如《红色娘子军》《白毛女》等电影，至今仍是经典。之后的文学和电影虽然在当时影响很大，但后来人们都很少提及，局限性很大。新时期以来，文学又进入一个井喷期，电影也平行并走，都产生了一批至今影响很大的经典文学和电影。现实主义方法在那时依然成为重要的创作原则，《芙蓉镇》《钟鼓楼》《平凡的世界》《白鹿原》等茅盾文学奖获奖作品多是现实主义风格，电影也一样，"写什么"依然是首先要思考和解决的问题，同时重视"怎么写"的问题。但是1990年代中后期就被大众文化、商品文化、娱乐文化所影响，新世纪以来更是受商业文化、网络文化的影响，无论是文学还是电影，几乎再也没有产生过令人震撼并难忘的电影。即使是《白鹿原》的电影改编，也被"怎么拍"影响，最终导致失败，因为此时商业和娱乐是衡量影视的最高标准。自从张艺谋转战商业电影之后，几乎再也没有拍出过令人难以忘记的电影，更不要说有如同《白毛女》一样的经典之作了。

（三）第三种改编观念

如果说上面的梳理还停留在仁者见仁（重视文学性、社会价值）、智者见智（重视电影技术、商业价值）的层面，那么，《白毛女》的改编经验将为我们进一步理清思路，开阔新的经典之路。这就是如何立道的过程。

《白毛女》最初是一个民间传说"白毛仙姑"的故事，后来被记录下来成为报告文学，然后又被创作为短篇小说《白毛女人》，1940年代中后期又改编成歌剧《白毛女》，取得巨大成功，新中国成立后又被改编为电影、舞剧及各种地方戏曲，成为经典中的经典。白毛女的故事成为那个特殊时代的传奇，并且成为号召广大工农兵反抗地主阶级、聚合时代愤怒、激情和理想的一个典型形象。她并非英雄，而是弱者，但正是这样的弱者，需要被拯救，需要被同情，所以，她的证词就成为历史的证词，她的控诉便成为新世界对旧世界的控诉，而拯救她的英雄也便成为被时代歌颂的英雄，这就是人民子弟兵和中国共产党。他们成为劳苦大众的救星。正是这种内在的逻辑与激情塑造了这样一位历史上罕见的底层女子形象，也正是通过这样一个普通女子的命运故事我们才能够解剖为什么旧社会一定要灭亡新社会一定要来临的历史必然性。它的主题一步步被凝练和升华。在可预见的未来里，这一形象和故事还会在每一个历史阶段被重新解读，借此召唤历史深处的激情，推动一切政治、经济和文化建设向着"为人民服务"这一宗旨而前行。

1. 初创阶段：从民间传说到革命故事

民间传说"白毛仙姑"，主要来源于晋察冀抗日民主根据地第三分区西部山区，后来经过群众的口口相传，逐渐流传至河北平山、阜平、行唐一带。通过查找资料，有文字记载的"白毛仙姑"传说故事梗概整理如下：

李先念的秘书李成瑞于 1937 年秋参加革命时，曾回忆起家乡河北有关"白毛仙姑"的民间传说：每年三月春暖花开之时，家乡淑闾村的乡亲们便会去附近的青虚山庙会上烧香拜佛。因为有人看到山上有个"白毛仙姑"，每天晚上会来庙里偷吃供品。她一旦发现有人出现时，便化作一阵风似的不见了。后来，人们又说那白毛女原来是一个受恶霸地主欺辱而逃进深山的农家女，由于长期没有盐吃导致头发全白。[1]

作家周而复在《谈〈白毛女〉的剧本及演出》一文中提到，《白毛女》故事发生在河北省阜平县黄家沟，当时地主黄大德及儿子黄世仁都对喜儿动了心思，双方更是因喜儿被谁使唤，常常争风吃醋。一天，父子两人又因喜儿该伺候谁而大打出手。黄大德用烟杆打黄世仁的时候，被黄世仁顺手用刀一挡，没承想竟不偏不倚地砍在了黄大德的颈子上。黄母早就看喜儿不顺眼，于是决

---

① 李成瑞：《〈白毛女〉与青虚山：〈白毛女〉歌剧创作 60 年引起的回忆与感想》，《文艺理论与批评》2006 年第 5 期。

定嫁祸于喜儿，说是喜儿谋害了黄大德。①

　　剧作家任萍回忆起自己 1942 年加入冀中军区后勤文工队工作时，听到的一个不同于以往相传的"白毛女"故事：有个地主，接连娶了前两房妻妾，都生不出儿子。没想到娶的第三房，生的还是女孩。地主大发雷霆，将第三房母女赶出了家门。此后，该女子带着女儿，躲在深山不敢出来。因长时间吃没有油盐的食物，导致全身毛发变白。后来为了活命和养活女儿，她想到了去庙里偷供品。有一次不小心被上香的人撞见，从此被村民们奉为"白毛仙姑"。直到八路军来后，才把她从山洞里解救出来。②

　　歌剧《白毛女》导演之一的王滨也曾谈到自己听说的"原始故事"，那个地主借口老婆不能生儿育女因而奸污了年轻的丫鬟，并许诺她若能生出男孩就纳她为妾，可那丫鬟偏偏生了个女婴，地主勃然大怒，随即将她赶出了家门。她只好钻进深山靠吃山枣把孩子喂养大。因常年吃不到盐，她长了一身白毛。后来八路军从那里经过时，把她救了出来。后来她的毛发逐渐变黑，长回了正常人的模样。不仅结了婚，还当上了某地的福利部长。③

　　作为电影《白毛女》编剧之一的杨润身曾在访谈中讲述过自己从小听到的"白毛仙姑"故事。有一个穷人家的孩子，被抵账到财主家做丫鬟。在财主家里，大家什么活都使唤她，还被财主的

① 周而复：《谈〈白毛女〉的剧本及演出》，载《周而复六十年文艺漫笔》，中国工人出版社 1997 年版，第 346 页。
② 何火任：《〈白毛女〉与贺敬之》，《文艺理论与批评》1998 年第 2 期。
③ 《简介"白毛女"的创作情况》，《电影文学》1959 年第 1 期。

一个儿子糟蹋后要卖掉。这个女人后来找机会逃了，为了让自己活下去，除了吃山里的野果子和野菜外，还偷奶奶庙里的供品。相传，因为这个姑娘品性好，不久就在山里修成仙了。因为一身白毛，人称"白毛仙姑"。由于她专门保佑穷人平安，所以老百姓为了感谢她、求她保佑平安，就给她修了一座"白毛仙姑"庙。[1]

通过整理上述"白毛仙姑"口头传说的故事梗概，我们可以概括出"白毛仙姑"的共同特征：一是"白毛仙姑"的故事带有一定的普遍性；二是地主欺辱农家女也是普遍现状；三是农家女不堪忍受地主压迫，但无处可去，只好逃往深山；四是白毛仙姑的特殊情况是常年吃不到带盐的食物，所以全身毛发变白。

于是，这个故事就有了普遍的社会学价值，成为解释当时社会的一把钥匙。她为什么成为底层农民？谁让她成为底层农民？她的土地呢？地主为什么成为地主？地主有什么权利欺负她？地主为什么会欺负她？她为什么没有第三条路，只能逃往深山？

作为《晋察冀日报》记者的李满天（笔名林漫），当然能敏锐地捕捉到这个故事的重要性，当时正值《延安文艺座谈会上讲话》发表之际，文艺有了新的方向，于是，他先采访传播这些故事的人，写成了报告文学，然后他感到还不满足，又深入晋察冀抗日民主根据地山区采访更多的人，于1942年写出了一部1万多字的短篇小说《白毛女人》，发表于《解放日报》。他在长期的采访和写作中，一定是认识到了这个故事的典型性，所以于1944年秋天

---

① 孟远：《歌剧〈白毛女〉研究》，中国人民大学博士学位论文2005年。

请去延安的通讯员把小说带给了周扬。时任鲁迅艺术文学院院长的周扬看过后立刻感受到了作者想要表达的时代主题，即刻着手进行另一番安排。

在阅读李满天的小说《白毛女人》时，我发现他又在前面那些讲述者的基础上增加了不少内容。大致来讲，小说的故事情节如下：

八路军首先出现。八路军到达某山区解放了村子后，有一次要召开全村大会，却发现没有一个人来。原来那一天是农历十五，村干部和村民们都去奶奶庙求神拜仙了。

白毛女接着出场。据村民们描述，奶奶庙有一个白毛仙姑，她时常在夜间出没，有人曾看到她浑身雪白。白毛仙姑要求村民们在每月初一、十五给她上供，不然就会降临灾祸。

八路军救下白毛女。八路军为了破除封建迷信，当晚便带着区干部藏在奶奶庙里，打算一探究竟。终于，在午夜三更，白毛仙姑出现了。干部民兵大叫："你是人还是鬼？"白毛仙姑大吼一声，便向区干部冲过来，民兵当即开枪，她拔腿向深山跑去。当人们追到山洞中时，发现白毛仙姑怀抱着一个同样全身发白的小孩。

白毛女向八路军讲述自己的悲惨遭遇。民兵举枪问她："你到底是人是鬼？"她突然跪倒在地，哭诉了她的悲惨遭遇：九年前，当她十七八岁的时候，村里的恶霸地主为了占有她，以讨租要债为名，逼死了她爹。在地主家，她被奸污，怀孕。后来地主打算与一乡绅之女成亲，便设计欲加害于她。一女佣听说后，在深夜偷偷放走了她。她被迫躲入荒山之中，因常年吃没有油盐的野菜、野果，导致全身毛发变白。

八路军解救了她，并且惩处了地主恶霸。从此以后，她回归正常的生活。①

通过梳理，小说《白毛女人》增加了如下内容：一是重要人物八路军，成为她的救星。二是她有个小孩。三是她的经历，先是成为鬼神，然后变成了人。八路军的加入是改天换地、让白毛女从"鬼神"成为人的主要角色，否则，白毛女的命运将无法改变，也将永远处于黑暗之中，所以从民间故事到人民子弟八路军的出现，意味着旧社会的灭亡和新社会的来临，两相呼应使这一故事成为歌颂八路军、呼唤人们要接受八路军、认识到八路军才是救苦救难的真正救星，从而广泛激发起底层劳动人民反抗地主的激情。鲁迅在谈到孔乙己时说过，写典型人物要"杂取种种，合于一个"；②"往往嘴在浙江，脸在北京，衣服在山西，是一个拼凑起来的角色"。③这篇《白毛女人》就是用这样的方法来体现他要表达的主题。

2. 再次凝练主题：从小说到歌剧

1944年，周扬准备为第二年召开的"七大"献上一份大礼。经过众多文本的挑选，周扬看重了《白毛女人》所蕴含的新旧社

① 段宝林、孟悦：《〈白毛女〉七十年》，上海人民出版社2015年版，第15、16页。
② 鲁迅：《且介亭杂文末编：〈出关〉的"关"》，三闲书屋1937年版，第75页。
③ 鲁迅：《南腔北调集：〈我怎么做起小说来？〉》，载《鲁迅全集》，人民文学出版社2005年版，第527页。

会斗争主题。最终决定把这个既有浪漫色彩，又有现实主义的民间传说，以歌剧的形式作为献礼作品。于是，经由贺敬之、丁毅执笔，汇集了集体智慧创作出的歌剧《白毛女》，于 1945 年至 1950 年间，在延安解放区多次上演，红遍整个解放区根据地。周恩来称赞这部剧是"劳动人民自己的文艺。"① 作家丁玲曾这样描写延安群众观看歌剧《白毛女》的场景，"每次演出都是满村空巷，扶老携幼，屋顶上是人，墙头上是人，树杈上是人，草垛上是人"。② 五年间，随着群众热烈的关注与反馈，歌剧《白毛女》剧本历经多次修改。最终，于 1952 年由人民文学出版社出版的《白毛女》，被列入"中国人民文艺丛书"。该版本成为后来供文学欣赏和舞台演出《白毛女》剧本的定本和保留本。③

通过对故事情节的梳理，可以看出，歌剧《白毛女》在保留小说《白毛女人》所有情节的基础上进行了以下变动：

第一，重新提炼了主题，形成形而上的思想观念。这次最重要的变动在于，相较于小说《白毛女人》仅仅把八路军带领人民破除封建迷信作为主题，周扬的做法更具政治意义，他确立了歌剧《白毛女》的主题："旧社会把人变成'鬼'，新社会把'鬼'变成人"。所以，把以喜儿为代表的农民阶级最终脱离旧社会、不再受压迫，进入新社会过上好日子的关键性元素设置为八路军的

---

① 余飘、王连登：《"这个戏是劳动人民自己的文艺"——毛泽东、周恩来论〈白毛女〉》，《中流》1995 年第 10 期。
② 丁玲：《延安文艺丛书·诗歌卷·总序》，湖南人民出版社 1984 年版。
③ 何火任：《〈白毛女〉与贺敬之》，《文艺理论与批评》1998 年第 2 期。

到来。

第二，重新设置了八路军的出场，解决了主题先行太过的问题，增强了艺术性。对于八路军来之前人们的期盼和八路军来之后帮助农民推翻地主阶级的剥削，是歌剧《白毛女》在小说《白毛女人》基础上改编的重要故事情节。歌剧《白毛女》把八路军的引入安插在村民赵大叔的往事回忆中。此刻，红军作为一个遥远的幻想。然后从喜儿遭受迫害开始，到大春不得不离开村庄，奔向西北寻找红军，再到最后王大春带领八路军回到杨各庄，解放所有人。这种处理更见艺术性。

第三，转变故事的叙述方式，进一步处理主题先行的问题。不同于小说采用倒叙，从八路军的到来引出白毛仙姑的故事，歌剧《白毛女》按照故事发展的正常顺序来叙述。即从杨白劳因还不起债被迫卖女儿到喜儿在黄家遭受欺辱，再到喜儿因常年吃不到油盐的食物而导致全身发白，被乡亲们误认为白毛仙姑，最后到八路军的到来揭开了白毛仙姑的秘密，并且打倒了以黄世仁为代表的地主阶级，让农民们终于过上了幸福的日子。

第四，重新设计故事的开头，让故事的主人公喜儿先出场。对于故事发生的时间节点，设定为除夕之夜，是歌剧《白毛女》作出的重要改动。本是家家户户团圆之夜，却发生了杨白劳被逼卖女儿、喝卤水自杀的悲惨事件。于喜庆的氛围中展开如此残酷的故事，也为全剧一开始就奠定了寒冷彻骨的基调。

第五，增添细节，增强艺术表现力和感染力。歌剧《白毛女》用大量的细节，为主人公喜儿增加了深厚的父女亲情、无比坚贞的爱情以及与乡亲们朝夕相处的邻里情，从而使得整个故事的情感叙述更加充分。如在外躲债的杨白劳偷偷带着卖豆腐赚回的二斤面，在除夕夜贸然回家。只为让喜儿能吃上饺子，还给女儿买了两尺红头绳；王大春在去西北寻找红军前，托二婶给喜儿带话"无论多苦，要等着他，他会回来"。当大春回来后，在机缘巧合下发现了喜儿并且把她接回了家。还有以赵大叔为代表的乡亲们虽然在势单力薄的情况下，依然在杨白劳死后为喜儿争取权益。多层情感的设置，增加了观众对以黄世仁为代表的地主阶级的仇恨。从逼死杨白劳的那一刻起，到阻碍喜儿与大春的婚事，再到贩卖怀有身孕的喜儿，观众也跟随主人公一起，陷入痛恨的情感。

第六，增添人物，使故事更为合理化。相较于小说《白毛女人》中为数不多的人物设置，歌剧《白毛女》为故事的发展添加了几位次要人物的功能性，如杨白劳的好兄弟赵大叔，他能在关键时刻为大春指明方向"去西北，找红军"；黄世仁的狗腿子穆仁智，助纣为虐、他曾威胁打算去报官的杨白劳，说"少东家就是这儿的县长，黄家就是衙门口"。这也生动地反映了旧社会地主与官僚堂而皇之地勾结；还有同在黄家做工抵债、一直帮助喜儿的张二婶，是她每次在喜儿轻生时，及时发现并制止，鼓励喜儿一定要活下去，等大春回来报仇。

歌剧《白毛女》自 1945 年"七大"期间首演一战成名后，受到了国家领导人和群众的一致好评。据老艺术家们的回忆，"当年毛主席在看歌剧《白毛女》时，有人从侧幕缝中看见毛主席感动得落泪。毛主席也曾说：这个戏很动人"。①1951年，文学史家王瑶在《中国新文学史稿》中第一次将《白毛女》写入历史。从文学史的角度定位了歌剧《白毛女》的历史价值，指出它是"新歌剧的进步与发展的一座里程碑"。②

3. 再次处理主题与艺术的问题：从歌剧到电影

1951年中秋节，电影《白毛女》正式上映。据统计，第一天的观影人数就到到了47.8万余人。③仅在偏远的甘肃兰州一地，应观众的强烈要求，影片连续11天放映了205场，观看人次达到十三万五千三百二十七。当年，《白毛女》创造了中国电影有史以来的最高票房纪录！④因为歌剧的巨大成功，电影《白毛女》在主题、内容的呈现上基本是按照歌剧《白毛女》进行，而且电影还在表现形式上保留了歌剧中的经典唱段。

通过对电影《白毛女》和歌剧《白毛女》比较，可以看出，改编后两个文本的主要不同之处如下：

第一，进一步增添故事情节，增强主题立意。影片最后以喜儿和大春在田间收割大片的麦子，他们站在高处，看着祖国平原上宏伟的抗日战争还在进行，无数部队、民兵在行军，脸上洋溢着幸福的笑容、展望着未来作为结尾。这里还需要留意的一个细节，喜儿顺手取下头上包裹的毛巾来给自己和大春擦汗，无意间

① 易水：《歌剧〈白毛女〉50岁》，《中国歌剧通讯》1995年第9期。
② 王瑶：《中国新文学史稿》，上海文艺出版社1982年版，第719页。
③ 宋杰：《导演王滨与电影〈白毛女〉》，《电影艺术》2004年第6期。
④ 刘澍：《中国电影幕后故事》，新华出版社2005年版，第130页。

露出了乌黑的头发。重新变黑的秀发，与之前在深山居住时一头苍白的枯发形成了鲜明的对比，这也暗示着农民阶级被压迫、受侮辱的时代已经过去，他们在中国共产党的领导下已经迎来了幸福的新生活。

第二，重置叙事的时间，强调农民与地主的不平等关系。电影《白毛女》重新设置了故事发生的时间，是在秋收时节。影片开头就用了半个小时的时长描绘了一幅秋收时期农民们在烈日下劳作的田园景象。农民如此辛苦却依然还不起租子，地主躺在家中被人伺候却对农民紧紧相逼，这两个场景形成鲜明对比，为全剧奠定了激烈的阶级矛盾冲突，也为解放区之外的观众提供了更加详细的情感代入基础。这正是电影所擅长的地方，可以用镜头来充分地展开，而歌剧就很难做到如此直观。歌剧的开头是除夕夜，一开始就进入了矛盾的焦点。

第三，重新设置了人物的出场顺序，强化阶级的对立性。不同于歌剧《白毛女》中让主要人物喜儿、杨白劳等人先出场，电影《白毛女》则先通过赵大叔的出场对以杨各庄为代表的旧社会进行现状描述，然后伴随着赵大叔的歌声，杨白劳、喜儿等人依次出现。黄世仁于影片第10分钟后，坐着马车、带着仆人出现，在田间地头碰到了背着柴火的喜儿。由此，为后来利用杨白劳欠下的租子来换喜儿这一奸诈行为埋下了伏笔。

第四，对爱情主题进行了特别强调，以此来升华自由、平等的主题。自由与平等是旧社会无法得到的，而这正是新社会的核心价值。相较于歌剧《白毛女》中王大春作为与喜儿即将成亲的对象突然出现，影片为喜儿与王大春的情感进行了细致的描写，如前期两人在田间一起劳作、嬉戏，两家人平时相互照料，王大春和喜儿一起努力干活，帮杨白劳还债等亲密相处的镜头展示，塑造出一对青梅竹马的恋人形象。因为电影面对的受众不仅局限于延安解放区，影片对于爱情，这一带有都市文学情感色彩母题的强调，成了电影改编的一大特色，也为后来凸显黄世仁横刀夺爱的阴险行为进行了一种反向的情感铺垫。

最后，调整重要故事情节，使电影的艺术性更强。如，影片把歌剧中喜儿因怀有身孕，差点相信黄世仁承诺要与其成亲这一关键情节，调整为喜儿相信黄母让王大婶来接她回家，让她好好过日子。从影片所承载的阶级意识启蒙功能来说，这一故事情节的改编抹去了喜儿身上残留的愚昧懦弱，强化了喜儿爱憎分明的性格，也保证了喜儿对大春爱情的坚贞。还有关于喜儿有孩子这一重要情节，从短篇小说《白毛女人》到歌剧《白毛女》中都提到：喜儿被发现时，还有一个同样全身发白的孩子的存在。但在电影中，这一重要情节被改编为喜儿因为长时间的逃亡、攀爬，最终因过度劳累、身体虚弱而小产。孩子的死亡设定为后期村民们一致强烈要求处决黄世仁，以及喜儿与大春重新开始幸福生活，扫除了阶级问题与情感障碍。从这一角度来说，电影对于这一情节的改编也符合以喜儿为代表的新社会农民阶级要与旧社会封建地主阶级彻底决裂的决心。最后，电影中对于喜儿与大春的相遇描述更富有浪漫主义色彩。相较于歌剧中，大春和大锁对白毛女的审问，电影中的喜儿无意间听到大锁喊大春的名字，让这份相遇更加惊喜。

电影《白毛女》在歌剧文本的基础上，重新设置故事发生的时间、地点、人物，修改故事情节，以及强调爱情这一主题等，使得电影的立意更加高远。这一系列艺术升级，使得《白毛女》电影比歌剧在人物的行为方式表现上更符合逻辑、在阶级意识启蒙上更加精准，再加上电影可以在任何一个开阔的地方都可放映，使得受众更加广泛，影响更加巨大，所以便也成就了一个时代的经典。

4. 改编中的变与不变

根据以上分析，我们发现白毛女故事从民间故事到报告文学，再到小说，最后到歌剧和电影，经历了很多次改编，无论是人物和故事细节，还是主题意蕴，都发生了巨大的改变。但其中也有不变的内容，具体表现如下：

一是白毛女的形象不变；

二是地主欺辱农家女的普遍的社会现状不变；

三是白毛女不堪忍受地主压迫，但无处可去，只好逃往深山。

这是基本人物形象和故事情节。这个故事本身在很多地方流传就已经说明人们对白毛女很同情，但又觉得没办法，毕竟这是几千年社会发展到现在出现的一种情景，也不是每个人家里的女儿都变成白毛女，所以，在新的思想尚未到来之前，人们只有从道德层面对地主们进行谴责，对受苦的农民和被迫害的白毛女们报以同情，还能怎样呢？最多也就是打抱不平，或者报官寻求解决，或者由江湖侠义对这些地主恶霸进行惩罚，甚至消灭，但是，没有人从根本上进行解决。

那么，为什么不能解决呢？这是因为中国的文化使然，具体说是从周公以来确立的宗法制礼教传统使然。中国的宗法制为什么如此牢固？是因为它的确立被看成是道法自然的结果，即天道昭示的结果。儒家以《易经》为首经，《易经·系辞》中说："天尊地卑，乾坤定矣。卑高以陈，贵贱位矣。""乾阳物也，坤阴物也。""阴阳合德，而刚柔有体。"① 又曰："乾道成男，坤道成女。"② 这是为人伦立道立纲，于是乎男尊女卑的思想便就这样产生了。这种思想也被我们的日常所证明，如我们站在大地上时，天确实在高处，而地确实在低处矣。既然是男为阳，那么以太阳照耀万物、运化万物的情形看，太阳便是立法者。这种思想不仅是早期中国人的思想，而且也是人类普遍的思想。古巴比伦有一个雕塑把这个情形讲得很清楚，我们看到汉谟拉比王是从太阳神的手里接过了法典。这就是天人合一、天人契约的那一刻。基督教的经典《圣经》里，上帝造的第一个人也是男子亚当，女子只是从他的肋骨上产生的，所以天然地要依附于男人。我们会看到，男尊女卑和男子拥有政治权利是人类早期普遍的伦理，似乎都有天赋的特征。而这样一种思想后来就慢慢产生了男子继承制，女子就成了与财产一样的依附品。如此经过几千年的教化，喜儿一类的女性便成为被压迫的对象。同时，地主之富贵与杨白劳之贫穷也被教化为天生的定律。人与人的不平等、女性的被压迫和不

① 于春海译评：《易经》，吉林文史出版社2010年版，第188、189、191页。
② 同上书，第195页。

自由、穷苦人无出路等问题成为几千年来全人类非但未解决反而极力维护的道统。

谁来反抗这个道统？谁来提出和建立另一种道统，来真正地为生民立命？

这便是马克思和几位经典作家的思想、主义，他们第一次历史性地分析了人类文明史，在从德谟克利特等古希腊哲学家那儿出发，集合了近代以来西方天文学、物理学、地理学、生物学、社会学等科学学说的基础上构建了一个新的世界观，这就是唯物主义的世界观，把一切附着在客观世界之上的传统思想全都推翻，特别是对神学的体系进行了无情地批判，使世界重新回到了它最初的裸露形态。这难道不正是前文所述道法自然方法论的显示吗？西方的学术也已经走到了它的冬天，该露出它的本来面目了。而这也正是司马迁《史记·天官书》所讲的"天人之际"和古今之变的大则："夫天运，三十岁一小变，百年中变，五百载大变；三大变一纪，三纪而大备：此其大数也。为国者必贵三五。上下各千岁，然后天人之际续备。"①在司马迁看来，天地每五百年必有一变，而人乃天地之中之万物，也必将跟着转变。从周公至孔子，孔子至董仲舒、司马迁，中间佛教融入，为之一变，千年后有朱熹，再五百年后有王阳明，再之后便来到了新文化运动和共产主义变革的这一百年。西方也一样，从《荷马史诗》流传至古希腊三圣，中间大致也有四五百年，再从古希腊三圣至耶稣

① 司马迁：《史记·天官书》，线装书局 2006 年版，第 112 页。

是五百年，中间便是漫漫长夜一千五百年，然后是欧洲文艺复兴和一批哲人的出现，五百年后便到马克思等思想巨人的产生，中间虽有笛卡尔、康德、黑格尔等人的出现，但都未能影响制度和社会的巨大变革，不足为大。

关于这一点，佛教和《易经》也有一番解释，所以，用中国传统文化的方法再来论述马克思主义的产生，便可以说是把一切历史的问题说清楚了。故说，马克思主义是承着天运来到世间的，它把人类一下推到茹毛饮血的洞穴时代进行考察，然后重新划分了人类的历史，最后推演到社会主义社会和共产主义社会，提出了一系列革命纲领，这种思想因为建立在对历史客观分析和近代最新学术成果的基础上，它一经面世，便立刻得到全世界人们的响应，使整个 20 世纪成为人类的红色世纪，这也足以说明生活在底层的最广大的民众多么想得到自由、平等。当它在新文化运动中被介绍到中国时，就像火炬一样，照亮了黑暗中的中国，中国共产党也应运而生。

中国共产党人进行了最初的革命。此时，农民出身且熟悉中国历史文化的毛泽东第一次提出"要用我们自己的脑子想问题"，来解决中国的问题，这就是马克思主义的第一次中国化，与中国的农耕文化、国情相结合，形成了农村包围城市的革命新格局。客观地说，马克思主义是西方哲学、科学方面的一次集大成，基本清理了自古希腊以来尤其是基督教进入罗马以后欧洲历史上的不平等思想，又像欧洲文艺复兴运动一样，把欧洲从基督教的手中还给了古希腊的科学和哲学，当然也吸收了基督教人人平等的思想。但是，因为他对中国的文化不太了解，所以未能对中国历史进行一次系统的阐释。而这个阐释在鲁迅那里，在早期的新文化先驱者那里。虽然他们当时以急就章的方式将儒家基本否定，这在今天看来有些简单了，但在那个黎明前的黑夜里，也只能暂时以这样的方式将传统文化进行休克，否则，新文化就难以引入中国，革命就难以进行。所以，毛泽东对鲁迅有一个定性，说："鲁迅的方向就是中国新文化运动的方向。"鲁迅等一批学人打倒孔家店、反抗传统礼教，为马克思主义清理了道路，而广大的农民并不去深究中国文化道法自然的基本原理，而是一直被笼罩在神学和礼教的传统中，等到毛泽东提出农村包围城市时，平等、自由、公平地享有土地等精神思想一下就触动了他们的灵魂，故而，中国共产党也成为中国最广大的劳苦大众的救星。这便是马克思主义第一次中国化，是新的道，这个道便是共产主义精神。

白毛女真正的救星是这种精神。所以，从李满天在小说中加入八路军这个形象时，他就为白毛女故事注入了新的道，在这种精神的昭示下，白毛女自然被共产党八路军救下，旧的社会被推翻，而她也成为追求自由、平等和爱情的新女性。这就是白毛女成为经典的思想动因。

二、改编之关键：典型形象与典型故事之建构

（一）白毛女：中国文学史上第一个自由女性

在新的马克思主义思想这个道确立之后，文学所要写的第一

个主人公便是女性无产者，在中国便是农民女性。白毛女喜儿就这样历史性地登场了。她是一个新人，一个从历史中被拯救的新人，一个被新的道义确立的女性形象。从文学影响上来讲，她是中国第一个拥有自由、平等和爱情的女人。她虽有痛苦的过去，但在解放后她是幸福的。她与鲁迅小说《伤逝》中的子君不同，子君也想追求爱情，也想追求自由、平等，但是现实不允许她如此做，她最终失败了；她也与鲁迅小说《祝福》中的祥林嫂不一样，祥林嫂是没有自由的，是不平等的，她的悲伤无人理解，她的痛苦无人能解，她是孤独且无助的，活着就如同生在地狱里；她也与易卜生的《娜拉》中的女主人公娜拉不一样，娜拉也想追求自由、平等和爱情，这一切都是白日梦，她只好出走，但鲁迅发问："娜拉走后怎样？"西方的易卜生没有答案；她也与托尔斯泰小说《安娜·卡列尼娜》的主人公安娜不一样，安娜不能拥有真正的自由，只能与相爱的人偷情，最后只好与娜拉一样出走，可是出走后呢？伟大的作家托尔斯泰也只能让她死去，人间再也没有出路；她也不同于1990年代出版的陈忠实《白鹿原》笔下的田小娥，田小娥没有自由、平等，她被不同的男人欺负、抛弃，又被礼教捆绑着，她无路可走，不能逃到深山里，只有一死，死后又变成厉鬼。所以说，白毛女喜儿与这一切形象都不同，她超越了过去所有的形象，甚至在思想性上也超越了后来的田小娥。陈忠实的成功之处，在于对田小娥怀着巨大的同情描写了她受难的情状，也以冷酷的无情将她封锁于那个旧世界，令她变成了鬼，因而获得了无限的艺术张力。但是，他没有解放她，这是他的不义。他的不义在于他没有历史性地认识这种新的道，他在朱先生那里也没能获得对于新道的解释，所以他笔下的人物充满了矛盾。但在周扬那里，在那个"一"重新确立新世界的时候，这个矛盾是不存在的，所以喜儿就像个新生的婴儿光灿灿地带着哭声出场了。

她是从历史里走出的第一个自由的底层女性。这便是新的道所确立的新形象。但她又是怎样完成这个形象塑造的呢？阅读最初的报告文学和小说，观看后来的歌剧和电影，就会发现这是一个经历了长达十年的改编才完成的典型形象。她的形象走过了以下几个历程：

1. 受苦的无法得到拯救的农村女性。这是早期的民间故事。

2. 受苦的农村女性，且从人变成了鬼。这是报告文学阶段的形象。

3. 受苦的农村女性，从人变成了鬼，又从鬼变成了人。这是小说首先确立的形象，然后在歌剧和电影中进行了大幅度的提升。

4. 不仅成为自由的人、平等的人，还拥有了爱情，成为一个幸福的人。这是歌剧和电影中的形象。

值得一说的是，即使是这样一个人物，由不同的演员来表演，也会有不同的艺术表现和效果。从1945年第一次上演歌剧《白毛女》到1951年电影《白毛女》的上映，共有三位表演艺术家饰演过喜儿一角，即被称为中国"白毛女"第一人的王昆、"人民艺术家"郭兰英以及电影表演艺术家田华。她们对喜儿角色理解的不同和她们自身的修养、性格决定了她们会表现出不同的喜儿形象。

1925 年出生于河北唐县的王昆，于 1944 年随西北战地服务团来到延安。自幼学习音乐的她，因嗓子透彻明亮，年龄、气质和喜儿一角非常接近，因而成为歌剧《白毛女》的重要人选。1945 年"七大"期间，在歌剧《白毛女》的首演中，王昆凭借"初生牛犊不怕虎"的精神成功扮演喜儿一角，赢得了观众们的喜爱。毛主席曾在演出结束后，当面夸赞王昆："很有当年湖南妇女的革命气魄哩！"1948 年因"救场"而饰演"喜儿"一角的郭兰英，因自幼生活在农村，且亲身遭受过地主阶级的压迫和欺辱，这样的人生经历和对地主阶级发自内心的痛恨之情让郭兰英与喜儿一角高度融合。因此郭兰英凭借自身成熟的表演，感动了所有观众。电影《白毛女》导演王滨曾提到为"喜儿"一角挑选演员时，最终决定用田华的原因：田华的五官虽然不符合银幕展现所需的立体感，但她一直生长在农村，气质与喜儿非常接近。又加上她早年参军，在部队文工团里演出多年，所熏陶出强烈的革命情怀，符合整部电影所传递的推翻旧社会、迎来新社会美好生活的革命理念。

通过对比以上三版喜儿被卖之前以及变成白毛女后的造型，我们发现歌剧和电影在塑造喜儿形象时，主要在人物外在服饰和语言上发生了改变，从而反映出人物形象和性格上的差异。相较于歌剧主要通过大段的歌词来塑造人物形象，电影更善于运用镜头来刻画人物，台词只是作为人物表现的一部分。通过对比歌剧和电影中的喜儿形象，我们发现，电影中的喜儿在语言表达上比歌剧中更加凝练、善于把控情绪，其人物性格也显得更加坚定、果断；对于自己所遭受的残酷事实，电影中的喜儿表现得更加坚强、理智。但从人物的心理变化来说，歌剧中的喜儿更符合旧社会农村妇女有些懦弱、思想较为保守且心理复杂的人物形象。所以，我们应该进一步认识到，对于喜儿这一经典人物的理解，应该把她放到新旧社会的交替环境下，来理解农民阶级逐渐变化的心理和行为。不囿限于性别范畴，还可以将其放在"阶级""革命"这样更宏观的主题中来探讨。

（二）杨白劳：受苦受难的旧社会农民典型形象

著名表演艺术家张守维自 1945 年首次出演歌剧《白毛女》中的"杨白劳"一角后，深受广大观众喜爱。于是，在 1950 年拍摄的电影《白毛女》中，张守维再次饰演杨白劳一角。歌剧和电影对于杨白劳这一人物形象的刻画，都基于他是一个性格有些懦弱、但疼爱女儿的好父亲。

歌剧中杨白劳的出现不过短短一幕，除了展现对女儿的疼爱与唯唯诺诺的软弱形象外，歌剧中的杨白劳在喝卤水自杀前，发出了"县长财主，豺狼虎豹，我欠租欠账，是你们逼着我写的卖身的文书！北风刮，大雪飘，哪里走？哪里逃？哪里有我的路一条？"这样痛彻心扉的呐喊。电影中的杨白劳一直以来都是逆来顺受的农民形象，如在秋收时期，农民们辛辛苦苦了一年要给地主黄世仁交租粮时，当老五叔因交不够租粮而要被收回租契，杨白劳虽然很气愤，但也只能安慰他"把心放宽些"。然后，可怜兮兮地去求黄世仁的狗腿子穆仁智延缓还租时间。

不同于歌剧中杨白劳在除夕夜身着由破布缝制成的棉袄，头戴一顶毡绒帽，偷偷摸摸回到家中的首次出场，电影中的杨白劳，伴随着赵大叔的歌声与丰收的秋景图缓缓而现。在影片开头，裤子上满是补丁，半披着一件黑色外套、正在山间放羊的赵大叔放声歌唱，当唱到"流血流汗当马牛，老人折断腰，儿孙筋骨瘦，这样的苦罪没有头"时，衣衫褴褛、正弯腰收割麦子的杨白劳出现了。他身着由各种颜色缝补而成的衣衫，因为干活太热，而敞着衣襟，露出胸膛。又因为年纪大、身体孱弱，缓缓直起腰的他取下头上的毛巾擦擦身上的汗水。这时银幕上出现了一张愁容满面且布满皱纹的脸。通过听觉和视觉呈现，以杨白劳为代表的广大穷苦老农民形象赫然出现在观众眼前。

　　杨白劳所处的时代，正是中国人对整个历史进行反思，又用西方文化和马克思主义文化重新进行建构的时候。他已经没有土地，靠租用地主的土地而生活，结果欠了债，被迫卖了女儿，最后自杀。正如他的名字一样，他是白白地劳动，老无所得。他的自杀是一个事件。他已经在中国历史上自杀过千遍万遍了，但在过去从来没有被人重视过，而这一次不一样了。他身上的所有品质都是农耕文化滋养出来的，保守、温和、善良、忍耐、牺牲……多么美好的品质！在福克纳获得诺奖的致辞中，他说："我相信人类不会仅仅存在，他还将胜利。人类是不朽的，这不是因为万物当中仅仅他拥有发言权，而是因为他有一个灵魂，一种有同情心、牺牲精神和忍耐力的精神。诗人、作家的责任就是书写这种精神。他们有权利升华人类的心灵，使人类回忆起过去曾经使他无比光荣的东西——勇气、荣誉、希望、自尊、同情、怜悯和牺牲，从而帮助人类生存下去。诗人的声音不应该仅仅成为人类历史的记录，更应该成为人类存在与胜利的支柱和栋梁。"①然而，这些精神不但无人敬畏，反而成为地主或富人们统治、压迫穷人的教条、利器。他的死，并没有终结不义的历史，相反，他的女儿跟着受苦，且无人再给予保护。

但他遇到了新的法官，历史正义的革命者，即人民子弟们。他们用新思想的光辉把他照亮，把他重新抬到历史的法庭面前，让他重新说话，给他重新申冤的机会。他的女儿得救，并且拥有了土地，他的沉冤得以昭雪。他闭上眼睛。正如福克纳所说的那样，作家、导演、演员一起为他重新书写了悼词，一起颂扬了他身上的可贵精神。这个形象，不仅是五千年中华文明发展史上的一个农民形象，也成为马克思主义中国化的一个典型艺术形象。

这让我们想到了另一个农民形象，这就是《白鹿原》中黑娃的父亲鹿三。鹿三是维护旧秩序和旧礼教的农民形象，两个字可形容他，忠义。这正是中国文化中最为宝贵的精神品质。显然，陈忠实是非常赞赏鹿三的，但是，令他苦恼又不得不做的是，人各有因果，鹿三被田小娥化成的鬼缠上了，竟然导致死亡。在杨白劳自杀五十年以后，鹿三登场了。如果他的主子白嘉轩没有逼迫他自杀，是因为在白嘉轩的身上还有仁义精神在，而他的死多少也是为了维护这种仁义。他赶走了自己的儿子，杀了自己的儿媳。他为什么要杀这个儿媳？因为在他看来，她充满了邪恶，充

---

① 威廉·福克纳：《福克纳演说词》，李文俊译，上海译文出版社 2014 年版，第 9 页。

满了欲望带来的各种非理性的选择，不，在鹿三看来，她别无选择，也许她可以选择，可以说不，但她没有，道德在她那里从来没有存在过，所以他无法容忍她，并且杀死了她。所以，鹿三与杨白劳的不同在于，他有选择，他的忠义使他与主子成为兄弟，同样，也是他的忠义使他无法容忍田小娥在他的儿子、白家的儿子之间"乱伦"，他终结了这个无德者的形象。在这里，我们看到两个不同的农民形象。如果说杨白劳的形象过于符号化、脸谱化，那么，鹿三的形象则丰富了许多，但是，如果白嘉轩是不仁不义之人呢？鹿三又该如何选择？

（三）黄世仁：封建地主阶层的被终结者

既然杨白劳不是鹿三，也没有遇到白嘉轩一样仁义的主子，他也就必须死，那么，由他也可以倒推出他的主子黄世仁定然是一个不义之人。故而说黄世仁的出场也是历史性的，命运般的。他在新道确立之时，就成了被革命的对象，也成为一个典型符号。

从前面的论述可以得出，在那个清算封建帝制几千年历史旧账的时候，黄世仁的命运看上去是偶然的，但也是必然的。他成为历史上地主阶层的代表、农民阶层的对立者、历史之罪的承担者、旧历史的终结者。从鲁迅笔下的赵太爷开始，新文化运动的先驱者们开始质问、清算几千年的历史。在《狂人日记》里，那个有些新思想的"狂人"看见整个中国人的古书上写着两个大字"吃人"，由此他也想到他的哥哥会不会吃他，因为他哥哥就是一个地主啊。在《祝福》《阿Q正传》中，鲁迅写了老太爷、钱太爷们的种种情状，又写假洋鬼子们的虚伪，最后写农民阿Q的各种奴性，他认为他在这种关系中找到了原因，即赵太爷们的为富不仁、众人的麻木不醒。这使他无限地绝望。这是他后来看到共产党后生出的希望。所以，新文化运动的这个方向到了周扬、李满天这儿时，便结出了新的果实。

不得不讲，鲁迅等先驱们领导的新文化运动的那种方向，到了毛泽东那里，便成了文艺的政治纲领。毛泽东以为，文艺是汇聚人心、解放人民最有力的武器，所以他在1942年发表《在延安文艺座谈会上的讲话》后，文艺工作者们便开始有意识地向着这个方向创作。再看《白毛女人》创作和发表的时间，也是在这个节点后，这就说明这个作品基本上是《讲话》精神的具体实践。从这个意义上来讲，《白毛女人》和由此改编的《白毛女》之所以成为那时的经典，《讲话》起到了方向性的引领。文艺要写的人物是广大的工农兵，他们是文艺的主人公，所以，喜儿便成为这部作品的头号主人公，她的父亲杨白劳自然就是为她而牺牲的父亲，而他们的对立面也就这样历史性地出场了。

黄世仁，一个地主，他做梦也没想到会成为历史的被终结者，被符号化。他的死亡为历史画上了一个句号，另起一段，开启了新的书写。

黄世仁一角由表演艺术家陈强饰演。为了演活这一人物，陈强老师深入当地采风，通过对地主阶级向贫苦农民巧取豪夺、捶骨沥髓等本质的精准把握，最终塑造出了一个让观众恨得牙痒痒的地主恶霸形象。对比歌剧和电影中黄世仁的外在形象，我们很快发现电影中黄世仁在穿着上除了使用和歌剧中一样的中式长款衣衫、六合帽外，还出现了西洋礼帽。如，电影中黄世仁第一次出现时，带着几个仆人，身着一袭白色中式长衫，头戴白色西洋礼帽，摇着扇子坐在马车上刚从城里买东西回家。这时，他看到了明眸皓齿的喜儿，便心生奸计，让穆仁智去查其父杨白劳的账。在此，我们看到了一个阴险狡诈的地主形象，同时也会自然想到鲁迅《阿 Q 正传》中的假洋鬼子。其中的含义是深刻的。

对比电影中一切善于暗中操作的人物形象，歌剧中的黄世仁更加张狂、胆大妄为。如，在拿到杨白劳按手印卖喜儿的文书后，立刻唱道："杀不了穷汉，当不了富汉，弄不了杨白劳，就得不到喜儿。"这就使他自然站在了农民的对立面。

写到这儿，我们不禁还是会想到几个人物，一是鲁迅笔下的赵太爷、钱太爷，鲁迅是没有办法令他们去死，但现在他们得陪着黄世仁一同走进历史的监狱里了。同去的还有《红色娘子军》中的南霸天。他们共同的特点是为富不仁。二是陈忠实笔下的白嘉轩。黄世仁死了五十年之后，白嘉轩重新登上历史舞台。在陈忠实的笔下，白嘉轩只是因为偷换了坟地的风水而起家的，成为族长，他一不盘剥长工鹿三，二不抢占民女，三还让自己的儿子们与鹿三的儿子黑娃一道劳动，想让他们成为好兄弟。他刚强、仁义，替民请命，代表了封建时代正面价值的力量，坚守着一个地方的礼乐传统，而鹿子霖和田小娥是反派，所以他和鹿子霖一直争斗着，也对田小娥进行过礼教的制裁。他是一个在道德上能立得住的人，相反，鹿子霖则是礼乐传统的败坏者。小说到最后，白嘉轩胜利，鹿子霖失败。小说没有简单地划分好人和坏人，而是将他们的种种情状"吐露"出来，具有丰富的性格特征，令人深思。我们会发现，起初，鲁迅笔下的赵老爷这样的地主阶级成为新文化运动先驱们开始批判的对象，但还无法撼动他们；而到《白毛女》《红色娘子军》时，地主就是被革命的对象，必须打倒，农民们才能登上历史舞台；再到《白鹿原》时，作为准地主的白嘉轩已经进入了新的历史阶段，阶级斗争不再是主要矛盾，所以对白嘉轩的书写进入了文化的内涵。顺便说一句，电影为什么没拍好？是因为电影的改编思路与小说不同，小说是以白嘉轩为主人公而展开的，田小娥只是其中的一个女主人公而出现，不是真正的主角，而电影则把田小娥作为主角，白嘉轩成了配角。在这种思路的改编下，本末倒置，黑白颠倒，即使获得巨大的票房也是失败的。

（四）王大春：新的英雄，新的历史动力的代表

历史到底是由谁来书写，这取决于土地到底由谁来分配，也取决于谁能真正替天行道。《礼记·礼运》中载，孔子说："大道之行也，天下为公。选贤与能，讲信修睦。故人不独亲其亲，不独子其子，使老有所终，壮有所用，幼有所长，矜寡孤独废疾者，皆有所养。男有分，女有归，货恶其弃于地也，不必藏于己；力恶其不出于身也，不必为己。是故谋闭而不兴，盗窃乱贼而不作，故外户而不闭，是谓大同。"① 重读此文，历史正义昭彰。

"天下为公"，不仅是夏之前三皇时代的写照，也是孔子所向

---

① 王云五、朱经农主编：《礼记》，商务印书馆 1947 年版，第 39 页。

往的天道治世的时代，是老子所谓道法自然的时代，后世则是道隐德亏的家天下，为孔子所批判。如此往复到了 20 世纪初，始有孙中山先生重新提出"天下为公"之口号和理想，重新成为历史反转的正义力量。今天的人们可能无法想象，在那个没有任何天然资本，只剩下身体的时代，农民对土地拥有权的渴望是多么大的动力，当然，它也依然成为今天解剖历史和中国现实的最大因子。孙中山先生的继承者是谁？从后世来看，自然是中国共产党。一心为公，一心"为人民服务"，抛弃私利，摒弃私义，一心以百姓为天，便成为历史正义延续的最大法宝。毛泽东本人也为世人做了榜样。他的家人为革命牺牲了好几位，他也不是高高在上住在豪华的楼阁里，而是与老百姓同吃同住，他也不像蒋介石一样把权力交给自己的儿子，他一心想的是如何保住公天下，他到死的时候还把自己仅有的财产（稿费）全部捐赠给党，他的确做到了一心为公；重读他写的《为人民服务》和《纪念白求恩》，我们就能看到那种天下为公的伟大情怀。他说："中国人民正在受难，我们有责任解救他们，我们要努力奋斗。要奋斗就会有牺牲，死人的事是经常发生的。但是我们想到人民的利益，想到大多数人民的痛苦，我们为人民而死，就是死得其所。"[1] 还赞扬白求恩同志"毫不利己专门利人的精神，我们大家要学习他毫无自私自利之心的精神。从这点出发，就可以变为大有利于人民的人。一个人能力有大小，但只要有这点精神，就是一个高尚的人，一个纯

---

[1]　毛泽东：《为人民服务》，载《毛泽东选集》第 3 卷，人民出版社 1991 年版，第 1005 页。

粹的人，一个有道德的人，一个脱离了低级趣味的人，一个有益于人民的人"。①这样质朴的文字就是中国共产党人的行动指南和人格理想，这与孔子提倡的"天下为公"是一致的，与那些抛弃了个人利益的圣人君子是一致的。所以说，没有五千年优秀的中华文明，马克思主义的中国化就难以进一步实现。

这种天下为公的无私精神，就是还天道于天地间，还土地于百姓中，还独立于个体上，还正义于人民心间，是那时也是今后的正义大法。心中的私义、私情、私利，这是古代圣人君子所不齿的，也是今天共产党人应摒弃的。当20世纪西方社会物质文明强盛的情形和苏联解体的事件迷惑大家时，很多人便对"天下为公"的理想充满了质疑。如果我们从刚刚闭幕的六中全会决议公告上的精神来看，便清楚地知道《白毛女》产生的那个时期正是马克思主义中国化的第一个历史时期，是毛泽东思想形成并确立的时期。农民第一次正式走上历史舞台。历史的真正动力被发现了，也鼓动起来了。他们不仅仅可以得到土地，而且还可以得到平等与自由，这是他们难以想象的理想社会。

所以，如果说八路军是解救者的话，那么，从农民自己人中走出来的王大春便是觉悟者，是自救者。这是何等的真实而令人振奋。如果没有王大春这一角色，只是八路军直接把他们解放，那么，喜儿的得救与广大农民的被解放就多少显得动力不足，农民自身的革命动力便不足了。

---

① 毛泽东:《纪念白求恩》，载《毛泽东选集》第2卷，人民出版社1991年版，第660页。

　　民间故事时还没有红军，小说中有了八路军，但还没有王大春，歌剧和电影便有了这个形象。这是一个重要的设置。在歌剧和电影中，第一次提到红军，都是除夕之夜赵大叔与喜儿及大春一家吃饭时，说起自己在民国二十三年，被地主逼得活不下去后，奔到了黄河西，最终找到红军。这与小说中八路军直接来解放村子相比要更具感染力和艺术性。赵大叔说他目睹了红军帮助农民烧毁他们欠地主的文书老账，还分割地主的地，使得农民们家家户户都有了自己的地。表面上看只是涉及具体的个人需求，实际上这是非常了不起的壮举。在历史上，商鞅变法，就是从贵族那里分得田地给农民，才使得秦国发展了；陈胜、武广、项羽、刘邦起来抗秦，重新给农民分田地，使得汉朝建立了；汉武帝时，由于六十年的休养生息，国家富强了，但大地主们重新把土地兼并在自己名下，社会矛盾很尖锐，国库也亏损，所以便发动农民，状告大地主的不法行为，使很多大地主归还土地，朝廷便又重新分配田地给农民，西汉真正兴盛了；唐时是又一次将土地收为国家所有，给农民授田，中唐时又有了大量的土地兼并，导致唐朝贫富分化严重，最后灭亡；宋代是允许土地私有的朝代，经济发展了，国力却衰弱了，这是一个矛盾；明朝建立之初就重新分配给农民土地，并建立了"鱼鳞图册"制度；清朝是一个特别的时代，把土地大量给了八旗子弟，汉地农民占有得很少，以此来控制汉地农民，后来导致土地的大量兼并最终使清朝的社会矛盾异常尖锐，这也就是杨白劳所处的时代。所以说，红军就是来号召杨白劳、王大春一类的农民起来闹革命，并重新分配土地的。民间传说和小说没有太多涉及土地的问题，是因为讲述者和创作者没有上升至历史的角度去看问题，而到周扬上手来组织人进行歌剧和电影的创作时，土地问题已经上升为新中国的重要问题，所以王大春不仅仅是暴力的代表者，更重要的是土地的重新分配者。此时，王大春这个虚构的人物被赋予了深刻的历史意义。

在电影中，我们看到了赵大叔描述的红军形象，即"红军个个都是年轻小伙子，头上戴着八角帽，当中扎着红五星"。王大春在加入八路军之前，一直展现的是一个老实憨厚，同样不敢反抗地主甚至有些懦弱的农民形象。但当王大春一身军装带领八路军队伍策马归来，并且告诉赵大叔，红军就是八路军的前身时，此刻的他已经完成了"压迫——出走——归来"这一英雄母题身份的转换，成了八路军英雄代表王大春。

更者，通过王大春，还引入整个红军、八路军的英雄形象。相较于歌剧中王大春带着八路军手背步枪，直接回到杨各庄。电影特意在王大春归来之前用八路军打败日本鬼子的激战场面、八路军高举红旗渡过黄河、翻过高山等壮观场景来做铺垫，突出八路军英勇善战的英雄形象。当八路军队伍到达杨各庄时，受到了乡亲们的热烈欢迎，他们高呼"遭罪的日子到头了"。对于八路军英雄形象的展示，歌剧和电影都从八路军不负众望，立刻号召村民团结抗日，帮助他们减租减息开始。而黄世仁试图利用村民们对白毛仙姑的敬畏，来阻止减租减息这一行动。不料，却刚好促成了王大春和喜儿的相遇。由此，"白毛仙姑"作为保佑杨各庄乡亲们的封建迷信被八路军打破，于是八路军成了人民眼中真实存在的新保护神。最后，黄世仁和穆仁智被八路军押解到全村公审大会，跪在地上接受群众的批斗。此刻，八路军在人民心中无比高大的英雄形象到达顶峰。他们拼尽全力帮助农民获得合法权益、时刻与人民群众站在一起的真实行动，最终赢得了人民群众的心。旧的历史被王大春代表的力量终结了，新的历史时代就这样被开启了。

在这个时候，我们还是会想到几个人物形象，一是鲁迅《一件小事》中的人力车夫，《故乡》中的闰土，《阿Q正传》中的阿Q，这是新文化运动以来作家们第一次写底层小人物，但鲁迅也只是同情甚至悲哀，没有找到出路，尤其他看到闰土与他逐渐陌生的情形时，内心感到无限伤感，对阿Q一类人的麻木感到悲哀；二是老舍《骆驼祥子》中的祥子，作家们进一步关注小人物；三是《平凡的世界》中的孙氏兄弟；四是新世纪以来众多小说家描写的乡村打工者。如果说鲁迅和老舍笔下的人物还不知道何为斗争，他们无法内在地产生一种自我拯救的意识和激情，就不可能在旧的世界得到解放，而《白毛女》中的王大春和《红色娘子军》中的女兵们则不然，他们是在红军的号召下自觉起来闹革命的。到了《平凡的世界》时，孙氏兄弟自然是来到了新的社会，但又遇到了新问题。他们虽然拥有了自由、平等，也有了通过自我奋斗实现理想的可能，但是，又有了新的种种社会阻力，这便是新的问题。随着城市化、工业化的进程，很多农民进城打工，形成了如贾平凹小说《高兴》中的刘高兴一类的底层人物形象。他们不再对土地拥有以往几千年来农民的那种热恋之情，他们渴望成为城里人，土地被荒置了。这成为一个新的问题。那么，今后农民的命运会怎样？农民的形象又会以什么样的方式来呈现，则是作家艺术家思考的大问题。

三、改编中的景观指涉：影视语言的象征意义

麦克卢汉认为，电影比其他媒介更有力量储存和传递大量的信息。它可以瞬息之间表现出由许多形体组成的风景。[①]歌剧《白毛女》因为舞台表现受时空限制，所呈现的生活场景大多使用代表性道具搭建，再加之人物语言的配合才得以完成。如第一幕剧开始时，通过喜儿独白"今儿年三十晚上，天这么黑了，爹怎么还不回来？刚才去王大婶家，她给了我一些玉茭子面，我做个窝窝，等爹爹回来吃"以及映入眼帘的灶台、柴火、盆罐等代表喜儿已经回到家中，准备做饭；第五幕用野草、火把以及大春与喜儿的对话，人们才得知喜儿一直生活在深山野洞中。而电影《白毛女》可以充分利用蒙太奇突破时空限制，从乡土生活景观和自然景观两方面来展现那一时期的社会生活全景。

（一）行动的影视语言：乡土生活景观

乡土生活作为一个景观，是五四以来的新文学首先带入表现领域的。从鲁迅的俯视乡土小说到沈从文的怀恋的诗意乡土小说，

---

① 马歇尔·麦克卢汉：《理解媒介》，何道宽译，译林出版社 2019 年版，第 351 页。

再到赵树理的平视乡土小说，到歌剧和电影《白毛女》中的把乡土高高举起。乡土再也不是最低等人生活的场景，而是历史演化和革命斗争的主阵地。从这个角度来看 20 世纪的中国文学就一目了然了，基本上都是以乡村文学为主流。

在电影《白毛女》中，我们能看到许多与观众生活息息相关的景观。如有劳动力的佃户们大都在田间辛苦劳作；休息时，大家也会聚在一起，邀请熟识的乡亲来吃口自家的饭；村里年轻人要办喜事，需要相熟的乡亲来保媒。为了准备女儿的婚事，杨白劳来到熙熙攘攘的集市，想为女儿买些东西。他在卖红棉袄的铺子前久久不愿离去，因为生活拮据，最终只能买二尺红头绳作为给女儿的新婚礼物。除夕之夜，也是喜儿出嫁前夜。喜儿和王大婶一起擀饺子皮、包饺子；喜儿坐在新房的炕头上，剪着喜字和鸳鸯形状的窗花，然后怀着喜悦的心情把它们贴在了窗户上。相较于歌剧舞台上对于乡土生活景观的简单呈现，电影中这些温暖、和谐、安宁的画面，为观众描绘了一幅美好乡土生活的景观。但也引起部分学者的质疑，认为它很可能是导演根据自己的生活经验或书本知识构想和营造的。孟悦认为，在某种意义上，影片《白毛女》中有世俗情调的乡土世界反过来展示了五四以来新文学对于乡土社会的想象力上的一个局限。①

地主阶级作为旧社会乡土生活中最高的存在，现在却成了

---

① 孟悦：《〈白毛女〉演变的启示——兼论延安文艺的历史多质性》，载《人·历史·文化三评》，人民文学出版社 2006 年版，第 271 页。

历史发展的阻碍，成为被推翻被革命的对象，他们的一切也成为景观之一。电影在呈现黄世仁一家生活画面时，充满了强烈的讽刺意味。如黄母在供有佛像的大厅里，一边敲木鱼、念佛经、碾佛珠，一边享受着身边丫鬟的摇扇伺候。黄世仁成亲当天，黄家宾客盈门，众人在一片喜庆的氛围中边吃点心边聊天。此时，已经身怀有孕的喜儿却在磨坊里穿着破旧的棉袄，弯着腰、筋疲力尽地推着磨。影片还用特写镜头凸显了黄世仁家的几处牌匾：如黄世仁进家门时出现的刻有"德贯千顷"的牌匾；喜儿在佛像前添加油灯，被蓄谋已久的黄世仁奸污时，镜头上升至印刻"大慈大悲"以及"积善堂"的牌匾；以及最后被烧毁的刻有"福耕禄耘""惠我庶黎"的牌匾。人物行为与周围景观格格不入，仿佛那些景观都要站起来革了地主们的命。

歌剧就没有这样的影视语言进行叙事。歌剧对于地主阶级生活的展示，主要通过黄世仁及黄母富贵的穿着和对穷人残酷的打骂来展示。如黄母嫌喜儿熬的莲子汤苦，便用烟袋去刺开喜儿的嘴，欲给喜儿灌汤喝。

（二）象征与符号：自然景观

中国古典文学的传统是天人合一，人是在自然中活动的人。《诗经》的创作方法被人们总结为赋比兴，说到底是天地人三才思想的方法论使然。先说天地间的事，再讲人的事。天地便与人浑然一体，人的心境可以随着天地转，同样，天地之境也跟着人的心境而造。这是中国文学与西方文学很不一样的地方。西方文学是神人合一，自然是被利用的对象。而中国文学中，自然就是人的一部分。这样的传统也被运用在歌剧与电影中。

　　黄河，被称为中国人的"母亲河"，也是中华文明最主要的发源地。在影片中赵大叔第一次提到红军时，就强调自己当年被地主逼得无法存活时，一气奔到了黄河西。当大春被逼得走投无路时，我们从喜儿口中得知，大春已经按照赵大叔的提示，向黄河西出发。随后的镜头便展现了波澜壮阔的黄河水，以及在波涛汹涌的黄河上奋力前行的人们。在王大春的苦苦哀求下，黄河边的老大爷用羊皮筏子带着大春终于到达黄河西，并在老大爷的指引下找到了穿着黑衣裳、帽子上搭着一个红五星的红军。黄河，作为杨各庄穷苦大众知道红军具体位置所在的唯一指向，象征着通往光明的道路。

　　重峦叠嶂的高山在影片中也多次出现。影片开头，连绵不绝的大山包围着辛苦劳作的村民。因为大山的层层包围，在这个自给自足的村庄里依然延续着旧社会遗留下来的生活方式，象征着新生活的革命烈火暂时还没有烧到这里。接着，我们看到王大春为了帮助杨白劳早日还清债务，勇敢地攀爬在悬崖峭壁上，只为采摘到鸽子粪和乌灵芝草这些更值钱的东西。还有，顺利渡过黄河的大春通过继续攀爬至山顶，终于得到红军的帮助。以及喜儿在王二婶的引导下，向后山跑去，翻山越岭，最终逃出了黄家的魔爪。高山，这一意象多次出现在影片故事情节的重要转折点。由此，高山在电影《白毛女》中被看成艰难险阻的象征。但当喜儿和大春翻越高山或者登上山顶时，则意味着以王大春为代表的八路军和以喜儿为代表的广大农民终将推翻万恶的旧社会，迎来人民当家作主的新生活。

壮丽的高山和黄河，不仅是自然景观的视觉呈现，它们更是艰难险阻和光明大道的视觉符码。自然景观由此成为电影《白毛女》不可或缺的一个整体性象征。如果说歌剧《白毛女》所呈现的景观社会是一个浓缩的封建旧社会，那么电影《白毛女》所呈现的壮丽山河与富有世俗情调的乡村图，无疑是人们对新中国美好生活的期待。白毛女故事所建构的乡土生活与自然环境，一方面投射了创作者追求乡村自然景观壮阔的外在显现，另一方面则包含了新中国视角下对于乡村这块土地的复杂情感。

四、个体经验、集体创作与经典生成关系之辨析

通过梳理《白毛女》经典化的成功经验，结合不同时期的经典创作，可以发现，除上面总结的两大经验外，还有如下几个问题值得思考和关注。

第一，摆脱狭窄的个体经验，到广阔的时代生活中去发现典型人物和典型故事。这是人类早期共有的智慧和创作方法。那些神话、史诗无不是这样创作而成的。司马迁走遍中国，访问了古之圣人、英雄、帝王、将相和刺客们所走过的路，倾听了有关他们的传说，再进行辨析、梳理和提升，才写出了伟大的《史记》。罗贯中也一样才写下《三国演义》。歌德笔下的浮士德博士也是一样，他在书斋里几欲自杀，后来他勇敢地走出书斋，投身广阔的社会生活，实现了自己的理想和价值。这是古今中外经典作品创

作的一个基本方法。只有如此，才能摆脱个人的偏见，真实地写出一个时代的细节和精神面貌来。1942年毛泽东《在延安文艺座谈会上的讲话》要求作家、艺术家摆脱狭隘的个人经验，勇敢地走进生活，于是很多作家都走进工农兵的生活，以工农兵为主人公来写作，《白毛女》《小二黑结婚》等作品就是在这样的创作方针指引下创作的。这种实地采风的创作方法在解放后成为一大批作家的方法，如周立波在1946年10月前往东北参加土地改革，1947年7月又携《暴风骤雨》上卷初稿到五常县周家岗继续深入生活，历时四个月，在掌握大量农民素材的基础上创作了长篇小说《暴风骤雨》。1956年1月，周立波返回桃花仑故里，投身农业合作化运动，并担任了益阳桃花仑乡党委副书记，在深入生活的基础上创作了《山乡巨变》。柳青也一样，1952年8月，他到陕西省长安县任县委副书记，主管农业互助合作工作，乘此深入生活开展调查研究，到1953年3月时，他干脆辞去长安县委副书记，保留常委职务，定居到了皇甫村，住在破庙里，一方面继续深入生活开始调查研究，一方面开始写作长篇小说《创业史》。这些良好的传统在中国作协系统始终有继承，很多专业作家都有深入生活进行创作的任务，但后来因为大量其他作家不再拥有专业的任务和深入生活的时间，再加上80年代以来的虚构之风的盛行，作家们深入生活的风气也慢慢下降。当下很多作家都是以自己的生活为题材进行创作，尤其是网络文学作家基本上过的是书斋生活。作家的生活状态大都是平庸日常的，其自身的生活经验又总是有限的，因而也就难以塑造典型环境中的典型形象。也因为作家的平庸日常，所以也很难去思考时代所需要解决的重大问题，难以有"国之大者"的胸怀与视野，自然也无法凝练出大的主题。20世纪80年代以来，很多作家写的就是自己，自己的婚姻、自己的虚无、自己的精神史。网络文学作家因为缺乏生活的积累，热衷于玄幻、穿越、推理，所以根据他们的网络作品改编的影视剧多数是古装剧和宫斗剧、推理剧，缺乏现实主义力作。

要表现一个时代的风云际会，尤其是要表现一个时代人民的痛苦、挣扎和心声，则需要到人民的生活中寻找典型形象和故事，走出书斋，走向民间。在第十一届文代会、第十届作代会上，习近平总书记讲道："生活就是人民，人民就是生活"，文艺作品"源于人民、为了人民、属于人民，是社会主义文艺的根本立场，也是社会主义文艺繁荣发展的动力所在。"① 他号召广大文艺工作者要深入生活，扎根人民，以"国之大者"的情怀创作出无愧于时代和人民的杰作。《白毛女》的创作和改编，就是深入生活的结果，"杂取种种"而"合为一个"。《红色娘子军》也是根据真实故事不断创作和改编才得来的。

第二，超越自我，用集体智慧提高艺术水平。《白毛女》从民间传说到小说，再到歌剧的创作就是一次集体智慧的结晶，而电影《白毛女》的创作又是在歌剧基础上进行的另一次集体创作。其中，从小说到歌剧这一过程是值得特别重视的。小说创作者只是感受到了一种时代精神的召唤，而周扬等的改编则上升到"国

---

① 人民网评：《文艺工作者要坚持以人民为中心的创作导向》，载人民网http：//m.people. cn/n4/0/2021/1216/c115-15350859_4.html，2021年12月16日。

之大者"的高度进行主题凝练和形象塑造，这才成为经典。集体
智慧的参与能使作品超越作者的个人识见、胸怀和情感，而上升
到国家甚至人类的高度。同时，因为集体智慧的参与，也使作品
中人物与人物之间的关系更为严密妥帖，故事与故事之间的呼应
也更加丝丝入扣，没有多余的成分。从歌剧《白毛女》到电影
《白毛女》的改编即是如此，《红色娘子军》芭蕾舞剧和电影的创
作也是如此。特别要说明的是，舞剧、电影、电视剧等这些多人
共同创作的艺术作品要求集体智慧的共同参与，这也是 20 世纪电
影等综合艺术产生以来的规律性特征。

　　80 年代以来，中国作家受西方近现代文学艺术的影响很大，
所以都强调私人写作的重要性，强调个体修辞的独特性，却在一
定程度上忽视了集体智慧的力量，这是需要引起重视的现象。同
时，在强调复兴中华文化传统的今天，重新审视和分析中国文化
与西方文化的这些不同，在于提醒作家要重新重视中国文化的世
界观和方法论。五四新文化运动以来，为了打破封建帝王与神学
体系，文学家们从西方借来"人学"这一概念，提倡个性解放、
两性平等、人人自由等观念。这种观念在新民主主义革命和社会
主义革命与建设时期曾发挥过重要作用，在 80 年代随着改革开放
又成为新的时代精神而深入日常生活，也产生了新的文学，但经
过改革开放以来几十年的发展，"人学"思想的发展有些极端，导
致另一些问题的产生：一是文学作品沿着人学的方向对个人的特
征从性格、身体、思想各方面都进行了一次次张扬，诞生了寻根
文学、私人写作、美女写作、身体写作、网络性爱日记等，也一

直强调文学的虚构力量，导致文学对人的价值的探索局限在人的社会性和躯体内部，不再探讨人与宇宙世界的关系，小说中自然风景的描写也越来越少，人本中心主义思想越来越突出，人成为孤立的存在，人对终极价值的探索进入虚无之境；二是受西方文化的影响，作家越来越重视发挥自己的独特能力，越来越强调其特殊性，而放弃了公共性，作家不愿意让他人对自己的作品提意见，更不愿意修改，这就使作家很难超越自我。相比过去很长一段时间内编辑给作家改稿的传统，现在的这种创作倾向显然不利于产生经典作品。在这样两种情况下，一个作家想超越自我，摆脱平庸，达到"国之大者"的境界，或提升到对人类终极价值的探索，已然很困难了。

第三，克服小众视野，用改编促进大众化传播。从歌剧到电影是《白毛女》故事的一次巨大提升。如果仅仅只是歌剧，那么它只能给有限的人群观看，广大的老百姓则无法看到，如此一来，这部歌剧所要表达的思想和想要达到的效果就会受到很大局限。但是，当它被改编为电影，使广大的人民群众都能观看时，一个时代的情绪就被调动起来，艺术的真正效用也因此显示出来。从四大名著的大众化改编和一百年来众多经典的大众化道路可以看出，大众化并非经典的敌人，而是经典得以传承的重要途径。马克思主义的中国化和中华优秀传统文化的创造性转化都面临着大众化的问题，而影视传播则是最为方便的方法。在这里，大众化也可以被视为作家艺术家的大众化视野，一定意义上也是一种从个体走向集体的转向。个体的艺术经验、个性化的美学追求在这里不是消失了，不是被取消了，而是放大了，超越了。从哲学和宗教的意义上来讲，是实现了对个体的超越而走向了伟大和崇高。

当下是一个被网络信息技术推动的传媒时代，文学和影视也因此而获得空前的传播广度，尤其当手机和移动终端的阅读和观看成为人们的习惯时，影视便优先于文学而成为受众面更广的传播方式。其实，这也是最为方便的方式，回到了传播的原点，因为影视是通过影像来传播，很多时候超越了文字的障碍，是大众更能接受和喜欢的方式。这可以从今天的传播方式看出来，书籍的阅读多从纸质阅读转向 iPad、手机及其他屏幕等的电子阅读且趋于碎片化、快捷化，一部分还转向音频听书，也就说是从印刷文字传播转向了视听数字传播；报纸、电视、广播等新闻的阅读和收听也多转向新媒体，通过手机等移动终端实现。网络媒体的发展和手机技术的提高进一步促使人们的生活媒介化，商业经济、娱乐活动也多通过手机而实现，政府和企业也通过各种各样的方式推动信息的数字化，于是便催生了微信、微博、抖音、快手、B 站、喜马拉雅、荔枝等以图片、短视频、音频为主要传播方式的传播平台，其中短视频因为其简短、方便、直接、信息多等特点成为广大老百姓最喜欢的方式。所以，为使经典文学传承下去，就需要影视工作者将其改编为大家乐于接受的影视作品，寓教于乐，或以音视频方式传播。同时，传播媒介的变化也要求作家要走出过去文学的小众心态，积极面向影视改编，创作能反映时代人民心声的作品。这些都是《白毛女》和众多经典艺术作品带给我们的启示。

　　总之，重新梳理和总结歌剧、电影《白毛女》的经典化之路，可发现它是新民主主义革命时期与社会主义革命和建设初期产生的经典力作，是构建中国气派、中国美学风格的一个典型艺术文本。以《白毛女》为中心，结合文学史上经典作品的成功经验以及百年来中国文学的戏剧和影视改编，梳理其中的得失，总结成就经典的原则与方法，以此为鉴，可以激发广大作家和艺术家在新的历史时期以高度的使命感，以"国之大者"的情怀，借鉴文学艺术史尤其是百年文艺史上的经典作品的创作经验，将个人的思考与时代精神相结合，凝练主题，创造典型形象，创作出像《白毛女》那样既深入人心，最大可能地积聚起广大人民复兴中华文明的热情和信心，又能反映当下中国乃至世界面临的时代巨变，历久弥新的经典作品，创造新的艺术高峰。

　　（国家社会科学基金重大招标项目"百年中国影视的文学改编文献整理与研究"［018ZDA261］阶段性成果）

人性的全面探索

——重论现当代文学史上第四次对"人"的发现与重构

人到底是什么？人性与动物性一样吗？人的神性、灵魂、精神是一回事吗？怎样重新认识我们的身体？文学对于人意味着什么？什么是人的文学？

……

这些问题又回荡在今天文学的上空。中国文学从五四新文化运动以来，最重要的贡献在于对传统"人"的否定，从而开启现代人的发现、重构。这种对人的意义的质问、探求与回答始终是中国现当代文学的终极关怀。

刘再复在《我国现代文学史上对人性的三次发现》中总结了五四至20世纪80年代初的这种关怀，他认为，在传统的封建专制下，"人"是没有自由的奴隶，人性被扭曲了，五四时期，鲁迅、周作人、陈独秀、胡适等的文学革命是对"人"的第一次发现。其代表作品是鲁迅的《狂人日记》和周作人的《人的文学》。

这是一次伟大的发现，结束了中国两千多年以来对"人"的专制，发现了一个自由的平等的"人"。"第二次人的发现，是'五四'以后的 20 年代到 30、40 年代。这是更高层次的发现。"① 因为要获得一个自由、平等的"人"需要更深层次更为具体的行动，而这一时期的"左翼"文学发现，要获得平等、自由，就要打破原有的社会阶层，解放那些从来都是被压迫、被损害、被奴役、被侮辱的人，在那时候，他们就是"工农兵"。毫无疑问，这是历史的进步，其代表作品有老舍的《骆驼祥子》，巴金的《家》《春》《秋》，茅盾的《子夜》、曹禺的《雷雨》《日出》等。但是，由于过分地强调了其阶级性而陷入非此即彼二元对立，人性反而消失了。第三次人的发现是"文革"之后对"人"的全面反思，结束了之前的极左思潮的影响。第三次对人的发现几乎贯穿了整个 80 年代。总体来讲，这一时期对人的发现主要集中在对过去二十年的深刻反思，还在集体主义、国家主义、革命理想主义等意识下进行的，真正个体的日常性的人的主题还没有得到重视。

但是，从今天来看，90 年代和新世纪前十年对"人"的主题的开掘已经非常广阔、深远，甚至如有的评论家和作家所说的进入"无名"之状了。这一时期，可以说是中国现当代文学史上第四次"人"的发现。这一时期，就"人"的主题来讲，比前几个时期都要深远、开阔、复杂。

自刘再复之后，对 90 年代至今文学领域对人的发现这一主题

---

① 刘再复：《我国现代文学史上对人性的三次发现》，载雷达、李建军主编：《百年经典文学评论》，长江文艺出版社 2004 年版，第 533 页。

的研究不是很多，甚至可以说寥寥无几。据我的阅读视野和查阅范围来看，雷达和刘青汉是第一个明确提出第四次"人"的发现的评论家。在2009年9月出版的《近三十年中国文学思潮》的第二章就是专章来论述这一命题的。文章认为，"第四次'人'的发现表现在人文的'人'的发现、日常的'人'的发现、爱与宽容的'人'的发现、生态的'人'的发现、神性的'人'的发现五个方面。"①（后来，经过稍修改过的这一章节以单篇文章发表在2009年第12期《文学评论》上，署名为刘青汉。）关于这一提法，雷达在很多文章中都不同程度地提到过，但如此鲜明地提出还是首次。

受此文的启发，联系到近年来我从两性伦理的视角对人的研究和文学的关系②，对现当代文学史上第四次人的发现进行了持久的思考，也想对第四次人的发现进行另一番注解，算是对雷达和刘青汉先生的一次补充。首先，我在此文中对第四次人的发现进行了命题的界定，这可以算是对立论的一次完善。其次，在我看来，第四次人的发现最重要的在于自然人的发现，它包括人的身体的发现，世俗的、日常的、生态的人的发现，关于这一点，有重复的地方，但论述的视角不同，也算是一次有效的合奏吧。最后，我对女性主题进行了专门的论述，这一点在雷达先生的文章

---

① 雷达:《近三十年中国文学思潮》，兰州大学出版社2009年版，第27页。
② 参见《新时期以来小说性叙事研究》(《文艺争鸣》2008年第2期）和《论当代小说的性叙事价值——新时期以来小说性叙事研究之二》(《社科纵横》2008年第4期）。两篇文章都从两性伦理的角度重新评价了新时期以来有性写作、私人写作、身体写作。

中没有专门提及。在我看来，人的历史不外乎男人和女人的历史，最早是母系社会，是女人专政的历史，此后进入父系社会，直到现在，是父权社会，是男人专政的历史，但从近现代开始，男女平等成为新的历史的价值标准，而这一点也恰恰是我立论的依据。关于对女性主题的单列，同样也是参考周作人《人的文学》中将男女平等作为判断人的文学的标准之一。

一、立论的依据

在此，需要对两个问题进行说明。一是为什么要将20世纪80年代和90年代之后分成两个时期，二是"第四次人的发现"的命题依据。

众所周知，十一届三中全会之后到80年代末，文学活动始终是在"拨乱反正""清除精神污染""反对自由化"等政治动态的引导下进行的，国家虽然大力提倡将重心转移到经济建设上来，但是，知识分子尤其是作家知识分子的目力始终还在政治范畴内。几乎所有的作家和知识分子都以精英和社会代言人的身份为奋斗目标和立场，正是因为这样一种立场和姿态，使这一时期的作家写作呈现"共名"之状。他们共同从乡下回到城里，回忆和构造"知青文学"；他们共同反思过去二十年的政治生活，刻下深深的"伤痕"，并通过"朦胧"的诗篇发出"一代人"的呐喊；他们又一起奔赴"先锋"的战场，改写中国当代文学的新纪元；最终，他们又一起"寻根"，试图寻找中国人或人类或人的本质　　他们是共同出发，又在 80 年代末一起沉默的。

正如中国现代文学从 1918 年起的五四狂飙运动开始，浩浩荡荡、群情激昂、理想闪烁、横扫一切地走过了十几年的"共名"时代之后，在 20 年代末 30 年代初进入一个新的反思的"无名"阶段，30 年代的中国是一个大众文化复兴、多元文化共存、左翼作家正在联盟的时期一样，中国 20 世纪 70 年代末开始到 80 年代末的情形正如整个五四时期一样，而 80 年代末 90 年代开始的文学正如 30 年代一样。事实上也如此，整个 80 年代就是一个恢复五四传统，重提民主、法制、科学、人学的时代，也是一个向世界文化学习和靠拢的时代。这是因为，"人们刚刚从'文革'的灾难记忆里醒悟过来，需要有强大的精神传统来支持他们反思历史和参与现实的拨乱反正，'五四'精神传统成了他们最好的武器"。① 而 90 年代乃至新世纪的文学，正好也是一个大众文化兴盛、多元文化共存的时代，同时也是一个对过去的 80 年代甚至整个现当代乃至整个中国和世界文化都开始反思的时代。它一方面是对过去精英意识的否定，同时也是对新的文化潮流的犹疑、随俗、认同、肯定、反思（如对大众文化的先抑后扬，再到反抗，对流行的价值观的模糊认同，对流行的人性的默认，对"80 后"大众文学的先抑后扬，对市场反抗与默认的双重性态度等），这都表现为多元存在。而在文学阵营中，传统的现实主义文学仍然在国家意识主导下的"茅盾文学奖"、一些作家、评论家和纯文学刊物的

① 陈思和:《中国当代文学史教程》，复旦大学出版社 1999 年版，第 10 页。

倡导下继续存在，但它已不是主体，大多数青年作家在 90 年代是以先锋的、私人的、身体的、欲望的、市民的、写实的、民间的方式或符号或旗帜出现，像以往那样众人信服的文学领袖已不复存在，文坛已如林立的江湖。文坛从过去的单一的作协形式分化为传统的作协、以杂志和出版社为阵地集结的纯文学作家队伍和以占有市场为目标的流行作家队伍。凡此种种，都表现为文学的无名之态，表现为与 80 年代共名时代截然不同的态势。正如我们可以把整个五四时期与三四十年代分开来看一样，我们仍然可以把理想奋进的 80 年代当作一个时代，而把 90 年代和新世纪十年当作另一个时代一样。

　　陈思和先生在对整个当代文学史进行划分时对这一问题也进行了深刻的思考。他打破了原来那种根据政治的转向简单、机械地划分文学史的文化，把新世纪之前的当代文学史划分为三个时期，1949 年至 1978 年，1978 年至 1989 年，1990 年代。由于他写作的年代正好是 90 年代末，所以他无奈并留有余地地说："把 90 年代的文学单独作为一个文学阶段的想法还不完全成熟……90 年代才渐渐呈现出新的文化活力的特点。"但他还说：90 年代的文学将"80 年代文学思潮线性发展的文学史走向打破了"，"仿佛是一个碎片中的世界，作家们站在不同的立场上写作：有的继续坚持传统的精英立场，有的干脆表示要去认同市场经济发展中出现的大众消费文化，有的在思考如何从民间的立场上重新发展知识分子对社会的责任，或者还有人转向极端化的个人世界，勾画出形色各异的私人生活……无论这种'无名'状态初看上去多么陌生，多么混乱，但它毕竟使文学摆脱了时代'共名'的制约，在社会文化空间中发出了独立存在的声音"。① 现在，十年过去了，重新再考察新世纪前十年的文化，就会发现"无名"的状态越来越明显了，市场的力量也越来越大，作家分化、转变的迹象越来越自然，同样，作家的精英知识分子写作也在发生若干蜕变后重新开始显现，所有这一切都进一步说明，我们可将 80 年代的文化与 90 年代和其之后的文化划分为两个时代来看待。

　　而从整个社会的局势看两个时代的不同更是明朗。90 年代初开始的市场经济整个地改变了社会的注意力、生产力乃至文化和社会生活，并深刻地影响了文学的主题、传播方式和作家队伍。作为作家，在这一时期的表现有两个突出的特点，一是痛苦，二是沉默。痛苦一，表现在 90 年代初那场连绵数载的人文精神大讨论，其结果是可想而知的；痛苦二，表现在作家从传统的杂志、出版社的存在阵地转向市场的阵痛，也是从传统的精英意识向大众意识调和的阵痛；痛苦三，表现在网络时代的写作对传统写作的全面冲击，传统作家有"失败"之相。而沉默则是长久的。这长久的沉默是对痛苦的消化，是对沉浸在骨血里的五四精神和 80年代理想的痛苦挣扎、默默隐忍以及迷茫和失语。精神领域的阵痛是如此漫长。相比于 80 年代的意气风发和光芒四射，这一时期的作家简直就是灰色的，沉郁的。很多诗人甚至不敢在人群称自

──────────

① 　陈思和：《中国当代文学史教程》，复旦大学出版社 1999 年版，第 13 页。

己是一个诗人。

　　既然我们可以将 80 年代之后的文学当作一个整体来考察，那么，我们便可以将 80 年代之后的文学即 90 年代和新世纪文学中对人的书写称为第四次人的发现。

二、人的身体的发现

　　欧洲文艺复兴时期也被称为"人的发现"的时期，它从神那里把人追了回来。人的欲望、人的欢乐和现世的追求都成为人的主题。五四时期对人的发现也重复了部分主题，但是，这与我所讲的"人的身体的发现"完成是两回事。

　　自 20 世纪 90 年代以来，"身体"一词成为文学界极力棒喝的魔鬼。身体在一段时期单纯地被指为性。"身体写作"也就是"性写作"。不仅炒作者将"身体"一词当作市场运作的噱头，而且评论界也上了钩，如期对此进行大肆攻击、谩骂，仿佛人可以不要身体。此后，一些相对理性的看法出现了，如一些评论家对身体与性进行了区分，但仍然存在一个问题，那就是仿佛性也是不好的，人可以不要性，文学不能描写性。这种认识直到今天还不绝如缕。

　　我们不禁要问：身体有罪吗？身体得罪了谁？身体在哪里出了问题？身体与生命是什么关系？身体有自身的尊严吗？如果有，它在哪里？

　　事实上，人们对"身体"向来是存在误解的，这是几千年来文化因袭的原因。在今天的人类看来，母系时代是一个乱伦的时代，就是一个身体的时代，是一个缺乏严格的性道德的时代。性的崇拜是人类母系时代最重要的本质特点。所以进入父系社会后，人类就开始对性进行道德控制，这是人类文明的进步，但是，"过犹不及"，这种父权文化终于过了头，进入一个对性的完全禁忌的时代。身体也陷入黑暗，被打入冷宫。它构成人类的思维模式：身体是有罪的。在柏拉图看来，一个人由两个实体构成，一个是看得见的身体，另一个则是看不见的但实际存在的灵魂。当灵魂统治身体时，人是高尚的、理性的；当灵魂被肉体统治时，人是邪恶的、非理性的。基督教与柏拉图达成了一致，击掌共鸣。但基督教显然比柏拉图走得更远，灵魂（或精神）与肉体变成二元对立的存在。中国是从道家老庄开始，强调治欲，使人守静。身体成了人最大的敌人。佛教也持同样的理由和结论。儒家在孔子到告子时，并不这样认同，还总是强调"食色，性也"，"饮食男女，人之大欲存焉"，后与佛道激荡混同，变得节欲，终在宋明理学达到极盛，变成"存天理，灭人欲"，身体与灵魂对立。这种对灵魂的崇尚，使人类始终不渝地追求一种高尚的精神生活，而对身体的欲望一再地贬低。身体一直被囚禁。

　　身体的发现始于近代科学和各种学说的兴起。何为身体？通俗一些说，是生命机体。对身体的认识也就是对生命本身的认识。自达尔文的进化论开始，人类开始了对自身生命的全面的科学的探索。如果说进化论之前对人类的认识多限于宏观，对道德价值的认识也多限于神学的话，那么，进化论之后，对人类的认识已经微观化，对道德价值的判断也变为人学、生态学。另一个重要的显征是，20 世纪之前的人类知识多的是道德教化，是对人灵魂、精神的认识，而从 20 世纪开始，人类进入一个认识生命本体的阶段，生命的载体——身体便成为实验室、显微镜中认识的对象。于是，生物学、解剖学、心理学、性学、人类学等一系列新的学科产生，它们共同探索着生命与上帝的关系、生命自身的发展规律。所有这一切，都是基于对人的身体的微观认识。而这些新兴的学科反过来又影响着传统的知识，影响着人类的生活和伦理道德。进化论宣布，人并非神创造的，而是由低级动物进化而来的，于是，神授道德和关于灵魂的学说轰然倒塌，身体也即生命机体这样一种认识逐渐确立。生物学、解剖学等进一步阐释着生命机体本身的秘密。弗洛伊德的性学、马斯洛的心理学以及马克思的社会学则告诉人们，身体的需要是天经地义的，身体的需要与心理的需要一样重要。

身体也成为 20 世纪哲学的梦魇和无法回避的主题。当神在人世间和天空中死亡之后，人类就不再仰望天空，开始俯首于自己，认识自己。苏格拉底的这一名言在近代才真正变成现实。当尼采宣布"上帝死了"后，整个世界就进入对人的独立存在的考查、诘问、思考和回答。存在主义哲学就是在这样一种背景下被人们大量接受和熟知的。萨特说，存在就是虚无。马克思第一个发现人活着"首先要解决吃、喝、住、穿"这样一些基本的身体要求，在此基础上，他建立了历史唯物主义哲学观和政治经济学理论。从某种意义上说，马克思是近代哲学中第一个发现身体的人。达尔文、马克思、尼采等的学说，使一个由神学建立的世界倒下了，而一个由人学垒成的世界逐渐形成。然而，弗洛姆尖锐地提出："19世纪的问题是上帝死了，而20世纪的问题是人死了。"其意思是，当古典的神学精神死了后，人类失去了精神的坐标系和依赖者，人只剩下身体，也就是欲望。现在，柏拉图、康德等一直强调的灵魂再也不存在了，但哲学家们并不愿意就此放弃人的追求，于是，人再也不是柏拉图意义上的肉体与灵魂的结合体，而是衰减为一个活生生的生命机体，也就是身体。哲学家们便将身体又一次分化为肉体与相依的精神，但精神是要随着肉体的消亡而消亡的。所以，无论当代的哲学怎样回避古典哲学大肆贬低的身体与欲望，也无法否认身体与欲望成为当下哲学真正面对的重大主题。在这一方面，福柯是唯一真正有勇气去面对它们的哲学家。

身体还成为现当代社会生活的追求。在各种学说的影响下，身体本能欲望的实现成为人在现世生活的自然愿望和基本追求。工业化、市场经济的本质就是身体欲望的实现。马克思所竭力批判的正是这样一种思潮，然而，马克思仍然构建了一种现代的乌托邦，即身体欲望的基本实现和精神追求的高度发达。这些思想正好与普通人的思想相一致，于是，一场汹涌澎湃的身体欲望化运动开始了。发生在六七十年代的"性革命"便是其中的一个浪潮，它几乎影响了全世界，至今还没有退潮。"性革命"本身是一个中性词，它所涵盖的内容非常广泛，如妇女解放、男女平等、爱情至上、对同性恋的宽容、对离婚和第三者的理解与宽容、性爱科学，等等。

它的一个基本的特点是对身体欲望的全面认同与尊重，乃至泛滥。这股思潮从 90 年代中后期开始对中国的"70 后"和"80 后"产生了重大影响，并深刻地影响着中国人的日常生活。

而在这些发现中，文学艺术的发现大概是最引人注目的。事实上，艺术往往是先于科学、哲学和社会思潮而表现身体的，如欧洲文艺复兴时期的《十日谈》、中国明清时期的《金瓶梅》、五四时期刘海粟等的油画，是这些艺术行为率先引起人们的注意，从而引发哲学思考。但是，要形成大规模的艺术活动则往往是在哲学思想界形成合力时才可能产生。可以说，20 世纪是身体被科学和各种学说发现的世纪，自然也成为文学艺术深刻表现的世纪。而在所有有关身体的元素中，有关性的新知识、新思想、新道德是对作家艺术家影响最大的。因为性是一切伦理道德的界限，对性的描述可以直接揭示人的伦理道德和精神信仰。20 世纪诺贝尔文学奖获得者和一些伟大作家的作品，大多涉及对性的认识和描写，但是，他们不是将性视作一种动物意义上的行为，而是人性化了。也就是说，在这些伟大作家的眼里，作为人的性与作为动物的性是有伦理区别的，是有精神差异的。要反对的应该是将性视为动物意义上的自然主义态度，而不是一股脑地反对写性。从这个意义上来讲，人类的性代表的不是简单的生理欲望，而是人性的总和。

因此，我们可以这样来下个结论：对身体的发现是近现代哲学、科学和文学艺术发展的必然结果，它使人的观察、研究、思考和书写更为本体化。它撕去了几千年来披在人身上的罪恶黑纱，而将人赤裸裸地放在阳光下。我们可以走近它，仔细地看。哦！这就是我们熟视无睹的身体！这就是我们一直仇视的那部分吗！我们会马上想到古希腊的雕塑，那样完美地展现人的身体。那种原始的天然的和谐！我们会感叹，会迷茫，会无措。但身体突现了。

在中国，《金瓶梅》是率先用身体的书写对宋明理学进行否定的，只不过《金瓶梅》走过了头，站在了身体的对立面，使身体变成了恶。真正对宋明理学彻底否定的是五四新文化运动。但是，五四时期对人的发现只限于不平等和对女性的压迫，对存在于人类深处的神秘的性以及整个的身体仍然是抑制的。这种抑制到了20世纪六七十年代变得更为严酷。身体又一次被遮蔽甚至否定了。

新时期寻根小说中的一部分也可以说是对身体的发现。如刘恒的《狗日的粮食》讲的是人的生存即身体的第一需要与亲情的故事，《伏羲伏羲》则讲的是有关性、爱情、伦理的故事，韩少功的《爸爸爸》虽然想要颠覆的内容很多，但对生命本体的发现也可以归入身体的发现。王安忆的《小城之恋》《荒山之恋》《锦绣谷之恋》及《岗上的世纪》倾心于人在性爱和感情世界里的矛盾纠葛，并试图用性爱来建构一个完整的女性世界。王安忆曾说："如果写人不写其性，是不能全面表现人的，也不能写到人的核心。如果你真是一个严肃的、有深度的作家，性这个问题是无法逃避的。"可见，在80年代时，作家们就已经明确地意识到，性是文学的重要元素之一。不过，在整个80年代，性只是作家表现人的一部分内容，并非表现人的突出内容，到了 90 年代就不同了，性成了表现人的最突出的内容。身体终于被发现。

　　90 年代初影响最大、争议最多的是贾平凹的《废都》，其意义与价值正在于它以变形和夸张的方式，将 90 年代初中国知识分子信仰失落、价值混乱、传统与现代难解的灵魂撕开给人看，其着力点正是性。社会并不理解。当然，作家也许并没有清晰地意识到"性"的界限到底在哪里，所以作为作家本身来讲，性也成为其引起社会关注的主要视点。而出版商、评论家乃至读者大众自然也以性为焦点来炒作、批评和阅读。贾平凹的兴趣和写作的一些自然主义手法使人不得不想起《金瓶梅》，但人们并没有去想为什么会出现《金瓶梅》。《金瓶梅》并非中国文学史上第一次身体写作，但是，《金瓶梅》是身体写作中最值得关注、评论和阅读的作品。宋明时期，中国的理学占统治地位，强调"存天理，灭人欲"，身体被遮蔽了，连正常的欲望也被抑制了。"饿死事小，失节事大"的伦理道德观念使身体成为教条主义道德的奴隶，身体被变形了。于是，我们看到，一系列变态的行为都在宋明理学盛行的明清之际上演。贞女、烈女在这时候被大力提倡，处女情结达到整个中国社会的顶峰；礼法制度更为严酷地制约着女人的一言一行，节欲观念空前兴盛；最为变态的是男人对女人"三寸金莲"的喜爱，整个社会形成对女人小脚的崇尚。在这样一种哲学观念之下，第一个站出来反对宋明理学的哲学家应该是李贽，而第一次进行文学实践的便是《金瓶梅》。可以说，《金瓶梅》中所透视的思想完全与宋明理学相反，正是强调身体。当然，在其最后，不免要讲节欲观念，强调佛教的修行，但从整部作品来看，宣示身体是其主旨。《金瓶梅》从这个意义上是胜利的，但是，强调身体欲望太过，以至于背离基本的人类伦理就成为反人类的行为，《金瓶梅》在这个意义上又是失败的。贾平凹的《废都》虽然还不至于反人类，但其旨趣有《金瓶梅》的自然主义倾向，还是缺乏积极的价值判断。

90 年代中期，中国社会进一步开放，市场经济进一步深化，不仅中国社会的生活空间被打开了，而且经济方式也多样化了，此时，不断上升的是人们的欲望，宽泛一些说，即身体。而在对身体的诉求中，女性的反抗最为强烈。女性作家群正是在那时开始大规模兴起的。陈染、林白的私人写作是先锋，而后出现的身体写作、美女写作是主力军。这一时期，卫慧的《上海宝贝》是焦点。作为"70 后"的卫慧，在《上海宝贝》中尽情地宣泄了一个女人身体的不同感受，可以说第一次以大胆的方式呈现了一个生活在中国 90 年代的女青年的身体史。与《废都》一样，《上海宝贝》尽管也有太多的不节制，但是，这部作品的出现，使人们看到，女人也有对身体的大胆要求。从文化史的角度来看，《上海宝贝》是女性写作的一个分水岭，它使人们第一次明确地意识到女人身体的平等要求。在此之前，大多是男人的写作，也是男人的视角。可想而知，连男人的身体都被遮蔽了，女人的身体便更是被隐藏了。与《废都》不同的是，《上海宝贝》尽情张扬的是一个现代中国女性的混沌需求，读者可以看到，她对自由的迷恋，对平等、尊严的渴求，这是进步的，但也有对颓废生活的酷爱、对毒品大麻的接受、对酒色生活的迷恋以及性爱的泛滥，这是应该批评的。

随着身体写作的泛滥，在 2000 年前后网络兴起之后，出现了九丹的《乌鸦》、木子美的网络性爱日记，竹影青瞳的写作和身体影像。当这些现象出现之时，太多的评论家和社会舆论对此进行无节制的批判、攻击、谩骂、封杀。现在回头来看，这些现象是值得我们分析的。她们为什么会连续出现，为什么会一次又一次地冲击中国人的伦理道德极限？她们为什么都是女人？这些女人到底要告诉我们什么？

是身体。她们说，我们也有男人一样的身体，有一样的欲望，一样的平等要求。这过分吗？所有的批评无意间告诉我们，批判的价值尺度都来自男权意识、父权观念。中国从 1950 年颁布第一部《婚姻法》之后，就开始踏上追求两性平等的道路，半个世纪之后，人们回头发现，要达到男女真正的平等还有漫长的道路要走。而在这条道路上，真正的战争便是与整个社会在伦理道德观念上的厮杀。卫慧、九丹、木子美、竹影青瞳只是一些我们还不能理解并很难去判断的符号、战士。即使追求平等，也要同时弄清楚平等到底是什么，新的价值是什么，身体和灵魂新的界限是什么。在这些基本的价值还没有确立之前，所有的批判、反抗都只能自相矛盾、一叶障目不见森林。但是，不容置疑的是，他们都在用身体对抗传统的伦理观念，这是值得深思的。

新世纪的十年，是人们重新思考身体的时期。人们从心理学、性学、社会学、生物学、哲学等各种学科开始探讨这一主题，发

生过好几个转变。从大的社会思潮来看，强调市场和物质的追求
事实上是对欲望的鼓励，这可以说是对身体的发现，在文学审美
上则是欲望主义化。这种思潮从 20 世纪 90 年代初开始到现在一
直在持续，但主要是在 90 年代，表现在当代中国人的物质追求远
远地超过精神追求时期。但凡一个人对社会做出经济的贡献，就
是一个成功的人，一个可以不计较其他价值得失的人。这是那个
时期的社会评价标准。传统的道德在崩溃，人性被欲望改写。整
个文学界处于焦虑状态，过分提倡精神的精英思想遭受重创，不
产生经济效益的纯文学面临破产的危机，被迫重新面对读者，重
新寻找读者。从 90 年代末到 21 世纪初的前几年，人们开始追求
文化生活，探索人性，探求生活的价值，追求生活的质量。大学、
科研机构的知识分子开始成为人们追捧的对象，从国家事业单位
到企业单位的用人制度中，学历也逐渐升温，各种文化读物，特
别是大众文化读物盛兴一时。中国人的追求开始变得多样化。这
种现象在文学上主要表现在大众文学的盛兴，提倡精英思想的文
学被遮蔽一时。这是一段过渡时期。到了近几年，一种健康的和
谐的人生观又成为人们对生活、事业、个人生活的评价标准。在
文学上，性和身体不再是出版商炒作的主要热点，文学的兴奋点
变得模糊不清，难以把握。但在文化上，养生、健康、历史文化
类的读物盛兴一时。身体的需求不再像 20 世纪 90 年代时那样被
夸张、变形，而是变得平实、朴素，身体和精神的对立变得温和，
人们尽可能地追求一种和谐的生活。

　　但是，像古希腊时期那样一种灵魂与肉体的原始和谐我们还

能恢复吗？我们对灵魂（精神）、身体（肉体）到底怎么去认识，怎样重新来平衡这两者的关系，是我们整个人类的重大命题。然而，在回答这一重大命题之时，首先需要全面而深刻地认识我们的身体。这种认识不但要认识性，还要认识整个的生命世界。这需要各种学科的综合认识。

因此，文学中对身体的发现只是我们认识自身的一种最为感性的方式。它只是开始，还远没有结束。它需要理性地认识，而不是粗暴地否定。

三、女性内涵的深度发现

自进入父权时代后，女性便成为男人的附属品。汉字"家"的意思是屋子里有一头猪。女人是不存在的。女人不要说从政，就是干政都不行；女人不能有智慧，"女子无才便是德"；女人不能有身体，女人的存在只是为了生育；女人不能强大，"三寸金莲"和弱者便是女人的象征……总之，女人在历史上似乎不存在。按周作人的意思，这就是非人的历史，而四大名著中没有女人形象或即使有也将女人视为妖怪的除《红楼梦》的另外三大名著，都可以列入非人的文学。对女人的发现与尊重是历史的巨大进步。

在长久的历史中，男权思想在不断加固，女人被牢牢地囚禁在宗教礼法的监牢里。打开女人的脚镣是近代以来的事。中国人放开女人的小脚也是从康有为梁启超这些最早的新文化运动的启蒙者开始的。周作人在《人的文学》中明确指出，过去的大多数文学不是人的文学，因为没有平等，更没有男女平等，所以他认为，人的文学其中之一就是要提倡男女平等。

但是，在落实到具体中时，近一百年来人们始终对什么是男女平等并没有搞清楚。因为要解决的问题太多了。谁是女人？为什么会有女人？女人与男人是对立的存在吗？女人为什么会沦为男人的奴隶？女人怎样解放？解放了的女人要成为男人的统治者吗？女人的出路在哪里？等等。这些问题都是中国现当代文学始终在描述、质问和回答的命题。

从鲁迅《祝福》中的祥林嫂开始，中国现代文学就开始对封建礼法制度的控诉，也是从鲁迅《伤逝》中的子君开始，人们就开始探讨中国女性的路怎么走的问题。鲁迅有一篇著名的演讲"娜拉走后怎样"不仅开启了中国人对新女性道路的思考，而且接续了西方人关于女性的思考。在易卜生的《娜拉》中，描述了一个终于觉醒的女性，她再也不愿意做什么玩偶，不愿意再做男人的奴隶，勇敢地走出了家门。鲁迅接着谈，一个刚刚觉醒的女人在走出家门后会怎样。《伤逝》中的子君也面临同样的问题。鲁迅说，女人首先要获得经济上的独立，要能够独立生存。与鲁迅、周作人同时期，还有张竞生和潘光旦。张竞生的《性史》和潘光旦翻译的《性心理学》都在当时社会上产生了巨大影响。女性争取独立、平等的意识逐渐向着内在身心的要求发展。

如果说鲁迅、周作人、张竞生、潘光旦等都是从男人的视角出发而提倡男女平等、婚姻自由的话，那么，张爱玲、丁玲等女性作家的出现则开启了女性自我书写自由、平等的先河。张爱玲以冷郁的笔触描写了一个又一个生活在封建礼法氛围中的向往自由与平等的女性，而丁玲则以热情、直率、浪漫的文风在《莎菲女士的日记》中描绘了一个大胆追求爱情特别是性爱的女性形象。相比男作家来说，女性作家的写作更具特点。在男性作家那里，女性虽然也被赋予个性解放、争取自由与平等的精神，但女性还是被束缚着，女性仍然被赋予温柔、贤良等区别于男性的特点，如子君。但是，在丁玲等女作家的笔下，女性的要求不止这些，她们敢于像男作家郁达夫一样写性，而且这些女性作家笔下的女性形象也要求像男人一样平等的性自由、性快乐。这是明显的进步。

新时期刚开始，当代作家重新回到五四启蒙主义的立场上，对女性的命运、解放、自由、平等重新续写。在这个时候，社会已经形成一种认识，即女性要获得真正的自由、平等，就必须要有经济上的独立、政治上的自由、社会事业的成功。这是自 50 年代到 70 年代社会的一大进步。所以，新时期对女性命运的重新书写是在这样一些主题下展开的，而其背景则是改革开放所带来的更为广阔的世界妇女运动。但整个 80 年代对女性的发现主要集中在独立和自尊自爱方面，对女性的深度发现还要推到 90 年代。

80 年代初，当张洁的《爱是不能忘记的》一经发表，就在社会上产生了极大的反响。爱情在丧失三十年之后被重新发现了。但是，张洁发现的这种爱情是那样高洁、遥远，以至于有些病态。那是柏拉图式的精神爱恋，没有世俗生活的融合，没有日常生活的接触与摩擦，没有身体的亲密交流，只有崇拜与倾倒，只有牺牲与忍受，这不是平常的爱情，不是普通人追求的那种平凡的有浓郁生活气息的爱情。这种书写在精神的高度似乎超越了丁玲，但在对女性的完满的描写上相比丁玲倒是一种退却。这是那个时代追求精神远远超过追求物质享受和身体娱乐的特点所决定的。张抗抗《北极光》中的芩芩也是这样一个形象，一个追求精神之爱远远超过物质之求的女性。当然，芩芩比《爱是不能忘记的》中的钟雨好像更为平实一些，她终于摆脱了原来的婚姻，嫁给了一个她自己爱的人，尽管那个人比原来的未婚夫要差得多，只是一个水暖工。

以上现实在 90 年代以后被颠覆了。卫慧的《上海宝贝》、木子美的性爱日记直接诉求身体感官的享乐，那种乌托邦的病态的恋爱再也不是她们追求的目标。她们追求身心合一，甚至身体的诉求超过了心灵的极限。在此之前，是 90 年代初出现的女性私人写作，是陈染、林白对女性自我的私语打开了书写女性内涵的天窗。那个时候，陈染、林白的写作没有多少人理解和赞同，但在一些女性读者的内心里荡起了浪花。在黑夜里，在无人的办公室里，在公共汽车上，在厕所里，她们悄悄地阅读着，认同着，共鸣着，抚摸着自己。紧接着，就是女性作家群的赫然起立，集体书写。私人写作之后是身体写作、美女写作，甚至妓女写作、网络性爱写作，最后是性爱播客。早在五四时期，丁玲就开启了这种直述女性内心和身体需求的写作，后期中断了，现在又续接了。她们对男权社会的道德伦理、日常法则都进行了无情的批判、反击，她们用力解构着以往的日常伦理，也试图结构一种新的女性视角下的伦理法则。但是，男权文化依然强大的社会并不能认同这样一种清算，不但在以无意识的男权意志为指导下的批评界对其进行了大规模的攻击，而且大众到现在也无法理解她们。陈染、林白、卫慧、绵绵、安妮宝贝等，直到今天仍然是一些批评家笔下的撒旦。然而，这种对抗恰恰显示了社会的矛盾，即无意识的男权意志无时无刻不在左右着国家制度、个人生活的方方面面，真正的男女平等还非常遥远。这不但成为女性作家们的困境，而且成为男性作家们的困境。

再回忆一下，80 年代初另外一篇具有代表性的女性小说是谌容的《人到中年》，作品描写了一个成功的女性形象陆文婷。她是一位中年女医生，她已经有了独立的经济、一定意义上的政治待遇、有固定的社会角色医生，但她同时也是一位新时代的母亲、妻子、女同事。她相比鲁迅笔下的子君、丁玲笔下的莎菲那种无所事事，没有生活的目标，没有任何经济的独立、政治上的自由、平等，已经发生了翻天覆地的变化。她生活得非常充实，繁忙，但是，她同样也陷入不幸。她肩负了生活太多的重负，和男人一样打拼天下，身体都快要垮了，几乎丧失了生命，但是，她热情，她有理想，最终战胜了工作、经济、家务的重荷，以及病魔和死亡。在这里，我们看到一个充满了理想色彩但又混沌的新时代女性形象。

但是，这样一个具有集体主义精神的女性形象在 90 年代特别是在新世纪以来的文学中几乎再也找不着了。代之而起的是叛逆的、青春的、浑浊的、迷茫的、颓废的女性形象。卫慧、绵绵、安妮宝贝、春树、木子美、下半身诗歌团体中的尹丽川等，共同描绘了一个在要求彻底地解放、独立、平等前提下而力图想摆脱传统赋予的一切外在的和内在的束缚，最后，我们看到一个愤怒的、剥光了的、破碎的女性形象。这样一个形象当然是要被狠批的，这样一个形象当然是要被诅咒的，然而，我们不曾想过，我们是在怎样一种心态下批判和诅咒的？我们是否真的需要女性的独立、自由、平等？孟子说："天降大任于斯人也，必先苦其心志，劳其筋骨，饿其体肤，空乏其身，行拂乱其所为，所以动心忍性，曾益其所不能。"女性作家的这样一些"错误"是中国女性在走向自我塑造道路上的必然行为。只有彻底打碎一个世界，才能在废墟上建立一个全新的世界。一个根上腐烂的树可能长成一棵秀美而健康的大树吗？

太多的讨伐！太多的男权思维习惯！太多的非理性！导致了女性更加愤怒。所以90年代以来的女性作家看上去有些疯狂，有些病态。假如我们想让这个世界保持不动，假如我们只希望这个世界仍然是男人心中的世界，那么，就批判吧。但是，假如我们还有一个理想的社会在心中，还想使这社会运动，假如我们真的希望女性与我们站立在一起共同撑起天空，那么，在批判的时候就留有余地吧，同时，也批判自我吧。

所以，90年代的女性书写比任何一个时代都要锋利、疯狂、愤怒。她们也许没有创作出完美得令男权社会满意的作品，但她们倾诉了自我。她们是年轻的女性作家，与前辈们拉开了很大的距离。上一辈作家中曾经被评论现在仍然被研究的张洁的小说《方舟》，塑造了"寡妇俱乐部的三个女士"——荆华、柳泉、梁倩，她们心强、身强、有智慧、敢于斗争，她们分别都有不幸的婚姻，但也敢于向不幸的婚姻提出挑战。失去了婚姻的她们，在事业上挑战自我，挑战男人，挑战极限，终于取得了成功。在80年代中后期和90年代初，出现了一批写女强人的小说，塑造了一些在事业上成功而婚姻往往不幸的女性形象，显示了人们在不断地思考女性在获得经济独立、事业成功、个性解放、男女平等之后面临的终极问题：女人是否还幸福？同时，我们看到，在这些女性面前，由于生存和发展的竞争环境影响，他们的性格逐渐男性化，而逐渐男性化了的女性被当时的社会普遍认为是对女性的异化。然而，这样一种批评或认可在90年代的女作家那里已经不屑一顾。她们走得更远，写得让人觉得有些"不堪入目"，如尹丽川的《今天上午》依旧是写女人在下意识中的男权话语，写女人的自我侮辱，女人的无意识。但是，这就是她们的写作，没被认可的诗歌。

　　尹丽川的另一首也许能够被我们顺利地认可并流泪，那就是《妈妈》："十三岁时我问 / 活着为什么你。看你上大学 / 我上了大学，妈妈 / 你活着为什么又。你的双眼还睁着 / 我们很久没说过话。一个女人 / 怎么会是另一个女人 / 的妈妈。带着相似的身体 / 我该做你没做的事么，妈妈 / 你曾那么地美丽，直到生下了我 / 自从我认识你，你不再水性杨花 / 为了另一个女人 / 你这样做值得么 / 你成了个空虚的老太太 / 一把废弃的扇。什么能证明 / 是你生出了我，妈妈。/ 当我在回家的路上瞥见 / 一个老年妇女提着菜篮的背影 / 妈妈，还有谁比你更陌生。"这种书写已经进入认识女性的内部。诗人力图在同样是女人的自己和妈妈间寻找共性，然而这样的愿望未遂。她颓然，她失望，她流泪，为妈妈，也为女人。

这些 90 年代后迅速从网络、书市（而不是传统的被老辈作家、编辑把持的刊物和正常出版渠道）崛起的年轻女性作家群令人们恐慌甚至悲痛，因为她们写了那么多传统无法接受的内容。但那些是什么呢？为什么人们不能接受呢？深思之下，仍然是男权意识，传统的女性观。

但她们还是"不可挽回""不可原谅"地继续走下去，一直走到女性的尽头。她们就这样与传统决裂。她们到底要干什么呢？她们能干些什么呢？

是对男权道德的全力反击。彻底的平等，彻头彻尾的解放。这也许就是她们最终的目的，还能有什么呢？如果说，整个的文化权力还掌握在男权之下的话，女性的话语权就始终会在一个可控的范围内。如果说，以往的书写只是女性与男权的对话，那么，到了 2000 年前后，女性终于彻底不满了。她们要冲破这种男权的藩篱，彻底地表现她们自己。恰好在这个时候，网络出现了，于是，伴随着各种纸质媒体，女性写作终于打破了最后的界限，这就是木子美的网络性爱日记、竹影青瞳的性爱随笔和身体影像以及大量的网络身体写作。一种难以控制的混乱局面终于出现了。整个社会慌乱了。不仅仅是男人，还有女人。社会的伦理道德极限被挑战了。它构成女性意识的高潮。人们惊愕地发现，天使女人身体里的魔鬼复活了。女人再也不是被男权道德格式化了的天使，而是天使与魔鬼共存的生命体。

伴随着这些写作的是评论界的反应，这些评论的历程也许最能说明新时期文学对于女人命运的思考结果。可想而知，在这些评论中，男性评论家肯定与女性评论家将站在对立面。果然，当张欣的《在同一地平线上》发表后，男性评论家的代表曾镇南就率先评论，认为该作品对"文革"后期新时代所有的生存竞争作了不适当的过分描写，作品中的女主人公有因抱有恐惧离婚的"弱女子"意识，而对"他"批判不足。"与此相反，女性评论者李子云则视此为反映'当代的妇女问题'的作品而予以高度评价。""李子云认为小说描写了在理应男女平等的今日中国，妇女为图自我实现要面临比男性更多的困难。即男女分别为自我实现而努力时，往往是只能牺牲妻子让她们成为'助手'、'后勤部长'，对众多知识女性来说这乃是一个现实问题。李子云进而分析了张辛欣以前的作品《我在哪儿错过了你？》，对该作品作为描写了在'男女无别'的平等观下，妇女'男性化'的作品予以积极的评价。关于这两种相异的评论，在当时人们只是看重曾镇南的论点。"可见那时男权意识的强大。李子云的评论虽显弱势，但已然成为女性主义文学批评的先驱，她提出的"当代的妇女问题""男女无别""男性化"等命题后来均成为讨论女性问题和女性作家时的重要概念。后来，吴黛英提出"女性文学"，引出了"女性视角""女性写作"等概念。这一命题也引起了很大的争议，因为专门提出"女性文学"仍然含有对女性的歧视。对此进行进一步校正的是孙绍先提出的"女性主义文学"，意思是凡是以女性为主题的文学都可以被视为女性主义文学，包括很多男性作家写的女性题材。孙绍先认为，男女本无差别，女性美只是男权意识下的产物，女性应该停止寻找"男子汉"的写作。但是，吴黛英并不认同这样的界定，还是认为男女有天性的差异。在此基础上，陈惠芬主张从文学作品进行"女性意识的发掘"，"女性"虽然在社会上被"无意识"，但还是要认识自我，仅仅"像男人"只是寻找自我的一步，还要寻找男女真正的差异。这种主张显然是进步的。除此之外，赵园、吴宗惠、亦清、赵玫、朱虹、陈顺馨、任一鸣、乐铄等都在女性主义文学方向有研究论述。事实上，除了这些学者和批评者之外，近年来对女性主义文学的研究越来越多。这些都说明，新时期以来的文学主题之一便是继承五四精神，寻求女性真正的命运、性格特征，恢复女性的尊严，实现真正的平等、自由，这才是周作人所说的人的文学。

四、日常的人或人的日常价值的发现与探索

人类有史记载的文明史从信仰的角度可以分为两个阶段，一是神学阶段，二是人学阶段。西方是从近现代的进化论、科学主义、存在主义哲学兴起之后开始全面进入一个全新的人学阶段，中国则是从五四开始。在神学阶段，人的日常生活都受神授道德控制，日常生活被神化、道德化，而在进入人学阶段后，日常生活中的神话色彩被揭去，人的主题凸显，人的价值、日常的意义等重新成为人类竭力解决的问题。但是，正如进化论、科学

主义、存在主义盛行的西方还同样伴随着神学观念一样，中国从五四之后的一段时间内，仍然有各种类似神学的观念相伴随，直到 20 世纪 80 年代结束后，才真正地面对一个被完全日常化了的人的主题。人们在这一时期所说的信仰危机、世纪末情绪都是这一主题的特征。因此，日常的人或人的日常价值的发现，是新时期文学尤其 90 年代以来的文学在人的发现方面的一个重要标志。

加缪在《西西弗斯的神话》描绘了一个日常细节，即遭受众神惩罚的西西弗斯意识到搬运石头是对众神的反抗，是对这种不合理的命运的抗争，而且他坚信必将那石头彻底地搬走，获得永久的胜利。形成这种信念的是他对人间生活的热爱，对大地山川的眷恋。所以他愿意每天都重复同一种生活。加缪告诉我们，现在，不仅仅是现在，实际上从来都是，人类在这样一种日常中生活。但是，其意义何在？加缪说，当西西弗斯没有对大地的眷恋和人间生活的热爱，其日常工作与生活便戛然而止，失去意义。从存在主义开始，人们不是希冀从天上获得生活的意义与价值，而是俯首于日常的生命本身。这是神学之后人类面临的巨大难题。中国作家面临这种处境准确地说是从 80 年代之后开始的。在五四之前，中国还是神学的天下。五四之后不久，又进入一个集体理想的时代。这种集体的理想在 80 年代中后期逐渐降温，甚至解体。但从 80 年代中期开始，先锋派诗人和作家就已经开始解构以往，进入日常的叙述和发现。这种叙述和发现在 90 年代之后变成文学的一种常态。

　　早在萨特的小说和加缪的小说中，我们就已经发现日常人的困境。加缪在《局外人》中，描写了一个没有任何信仰和生活目标的边缘人形象。在那部小说中，作者告诉我们，边缘人的生活是可怕的，但更为可怕的是强加于人类日常生活之上的各种制度、信仰、法律、控诉、意义，他让人们重新思考日常生活的意义。萨特的小说具有很强的对传统解构的特点，同样激发人们思考日常的价值。在中国现代小说中，具有这种意义的是鲁迅的《故事新编》和《阿Q正传》。《故事新编》将神话和传说中伟大的人物日常化、世俗化，而在《阿Q正传》中，中国历史文化被日常化、细节化了。鲁迅的小说虽然与萨特、加缪的不同，仍然具有强烈的早已预设的价值与意义，这就是强烈的启蒙主义精神，但是，《阿Q正传》仍然让人迷茫，让人深思。自鲁迅之后，我们很难再看到类似的作品。五四之后的文学，几乎是在现实主义这样一个大的原则下进行创作的，作为知识分子的作家也始终是站在宏大的集体理想的立场上进行书写，想成为时代精神的代言人，但是，自80年代中后期开始，口语诗派和先锋小说家都从这种宏大的集体叙事中撤出，开始书写平民的日常感觉。在于坚的《尚义街六号》之前，从来没有这样为诗的，而从于坚开始，不仅日常生活细节全部入诗，而且日常口语也成为诗句，且可以不押韵。在韩东的《有关大雁塔》之前，人们写凭吊怀古的诗总是陷入历史语境，而韩东却写了人们上大雁塔时的一种真实的感受，也可以说是一种平民感受，一种日常化的感受。"有关大雁塔 / 我们又能知道什么 / 我们爬上去 / 看看四周的风景 / 然后再下来"。这种解构其实是一种真实，这便是日常真实。先锋小说的最大特点是文本实验，力图使小说本位化，因此先锋小说的人物应该是日常化的人。先锋作家关注的人物都是小人物，或者说是与传统的精英叙事决裂后的日常人物。如余华所关注的始终都是些小人物，马原告诉我们的似乎是作为日常生活中的人其实有各种侧面、各种假象，仍然有还原日常本身的意味。

实际上，真正发现日常人的是 80 年代末 90 年代初的新写实小说。刘震云的《一地鸡毛》《单位》，池莉的《烦恼人生》《太阳出世》《生活秀》等，都是这方面的代表作品。作家们着意描写小人物的日常烦恼、困顿、欢乐，使人物陷入日常化了的世俗琐事难以自拔，再也没有英雄，再也没有圣人，再也没有大开大合的悲剧，更没有宏大的历史场景，只有被日常生活黏着的小人物，有的是普通的欲望，有的是是非不分的两难境地，有的是琐碎。碎片，无意义，欲望，无助，迷茫，渺小以及绝望，这些都成为这些主人公共同面临的心理困境。而这些，正是所有平凡的人们所共有的感受。虽然我们一再地批评新写实小说的虚假性、表相性、缺乏拯救性，但是，无法否认的是，这些小说意外地发现了人的日常性。

此后，日常化了的人物成为 90 年代至今小说所表现的主要形象。同时，它也成为影视文学所表现的主要内容。90 年代王朔编剧的电视剧《渴望》《过把瘾就死》在当时产生了广泛的社会影响，打动人们的正是那种日常化了的小人物身上的一切，使人们反观到普通的自我，产生了强烈的共鸣。近些年来，《中国式离婚》《结婚十年》《金婚》等影响很大的电视剧其实还是用日常细节取胜。与刘震云、池莉的绝望和迷茫不同的是，在这些电视剧中，主人公不但被日常烦恼折磨得死去活来，而且还在这种日复一日的烦恼中得到了拯救。拯救他们的是中国传统的婚姻伦理和幸福观。这种拯救在《金婚》中尤其表现得很明显。主人公不断地诠释生活，不断地为日常生活赋予价值。这是拯救日常的一种努力。

这种日常的发现不仅表现在描写当下生活的写实小说中，而且还伸入历史的日常。将历史日常化是当下一些历史主义题材的一大特点。最明显的便是对帝王将相的日常化。电视剧《还珠格格》中的皇帝不再是一个日理万机、终日忙于国事、缺乏普通人生活的王，而是一个被普通化、日常化了的人，他也有普通人的烦恼、儿女情长，甚至在做一些重大国事的决策时可能与日常化的情绪相关。这样对传统的帝王将相的日常发现，归根结底还是人的发现。将那些被传统神圣化了的神仙、帝王和英雄还原为人。一种被日常解构和重构了的历史正在上演中。

但是，正如加缪在《西西弗斯的神话》中所写的那样，西西弗斯的悲剧与力量来自两个方面，一是对正义的渴望与追求。宙斯劫走了阿索玻斯的女儿埃癸娜，阿索玻斯对女儿的失踪大为震惊并且怪罪于西西弗斯，深知内情的西西弗斯对阿索玻斯说，他可以告诉他女儿的消息，但必须以给柯兰特城堡供水为条件，他宁愿得到水的圣浴，而不是天火雷电。他因此被诸神罚下地狱。他在地狱里对那恣意践踏人类之爱的行径十分愤慨。但正义并非诸神的喜爱，所以他遭受惩罚，但是，正是他心中有坚定的正义感和对正义的强烈追求，他才愿意接受惩罚，日复一日地滚着巨石。二是他对人间大地的热爱。加缪动情地写道："当他又一次看到这大地的面貌，重新领略流水、阳光的抚爱，重新触摸那火热的石头、宽阔的大海的时候，他就再也不愿回到阴森的地狱中去了。冥王的诏令、气愤和警告都无济于事。他又在地球上生活了多年，面对起伏的山峦，奔腾的大海和大地的微笑他又生活了多年。"① 如果没有这样一种对人的日常生活的热爱，西西弗斯的力量就会衰竭。加缪无非是要告诉我们，对日常意义的发现来自两个方面：一是日常生活本身是有欢乐的，那就是要领略大地的微笑、大海的涛声和山川的细语以及阳光的抚爱，这是生命本身所具有的感知能力。二是伦理道德的力量。尽管西西弗斯被诸神荒谬地惩罚，但他心中仍然有古老的道德，那便是正义与爱，它们的力量超过了诸神。

事实上，在整个古典时代，日常的意义与价值正是神学观念下的伦理道德。"善有善报，恶有恶报"，末日审判，灵魂转世，因果报应等都是日常人的伦理界限。所以，在古典时代，人的日常生活的每一次呼吸、每一个行为都有神圣的意义。然而，当神学观念的大厦倾倒之后，人的日常意义何在？这正是加缪所感受到的困境所在。萨特在《存在与虚无》中所要解决的也是这样一个难题。鲁迅在其《过客》中也表达了同样的困惑。加

---

① 加缪：《西西弗的神话》，载韩少华：《中外妙论鉴赏文库》，中国物资出版社1995年版，第612页。

缪和萨特所困惑的，也正是今天中国知识分子的困境。同样，加缪也启示我们，要解决这个困境，仍然在两个方面：一是恢复生命本身的感知力，让生命在大自然的生态中感受幸福；二是重新建立新的伦理道德，或者发现古老且簇新的伦理道德。90年代以来，在这些方面做出努力的代表作家是陈忠实、张炜、史铁生等。

　　毋庸置疑，在《白鹿原》中，陈忠实发现了传统的日常价值，即儒家伦理道德。白嘉轩的日常生活被在中国大地上流行了几千年的耕读文化也就是传统的儒家农耕伦理所覆盖、统摄。他能经得起各种诱惑，能扛得住各种打击，靠的是什么？是他的血肉之躯吗？不是，是他心中的伦理道德和儒家的理想。白家为什么最终能胜过鹿家？原因是什么？不外乎还是传统且正面的伦理道德。鹿家则不然，在伦理上是混乱而失败的，所以也最终会失败。陈忠实不仅发现了被一百年来遮蔽的传统的中国人，发现了中国人传统的日常价值，还发现了伦理道德在日常生活中的统摄作用。白嘉轩生活在这样一种价值中，无所谓谁是皇帝。这种价值超越了制度、超越了时代。在五四时期，人们为了反帝反封建，彻底打倒了中国的传统伦理道德，从那时起，"道德"一词成了知识分子最愤恨的对象。谁要是大谈道德，就是卫道士，伪道士。"人性"成了最崇高的词汇。这种现象在20世纪八九十年代更为流行。解构崇高，解构传统，解构一切价值是那时的崇尚，所以，从90年代至今，是一个所谓的"道德"缺失的时代。事实上，我们时时刻刻都离不开道德，但是我们为什么痛恨道德？在90年代前后的一段时期，文学拒绝价值、拒绝意义，其实就是拒绝道德。在没有道德的日常生活中，我们还能找到什么意义与价值呢？日常的人怎能不痛苦？怎能不绝望？所以，在新写实主义的小说中，我们看到的是日常价值与意义的消遁，是那些随波逐流的小人物，是那些被物欲冲击得不堪重负的心灵。但是，近些年来，人们日渐感到道德在日常生活中的重要作用。

于是，寻找和重新发现传统道德就成为 90 年代以来中国文学乃至文化界的一个方向。陈忠实、张炜、李锐等都以敏锐的视角看到了作为一个中国人——一个日常生活被中国传统文化浸染过的中国人所拥有的日常伦理、道德持守。人们发现，尽管人们不提孔子、老子，但是，几千年来的文化习惯仍然在持久地浑然不觉地影响着当下的中国人。这也就是余秋雨、易中天、于丹以及那么多被炒作的传统文化学者受关注和喜爱的原因。但是，我们只能说，我们发现了自己作为一个传统的中国人的真相，而且这一真相正在发生巨大的变化。我们只不过是接上了自己的传统，而这传统已经极不适应当下，需要与世界主流文化相互融合并重构。所以，从这一意义上来讲，《白鹿原》也有其很大的局限性。白嘉轩能走多远？他能走到今天吗？他还能继续那样走到未来吗？显然是不行的。在陈忠实、张炜、李锐的作品中，我们仍然能看到一种传统的挣扎与现代的矛盾，以及对未来的迷茫。日常价值的重构还需要艰难的历程。需要指出的是，中国作家在日常叙事中的困境、迷茫甚至绝望同样也是当下整个世界文学的症候。从近年来的诺奖作品来看，很多作家都进行着日常的叙事，也在努力寻找和建构一种日常的意义与价值。

与陈忠实、张炜、李锐等寻找中国传统价值并行的是史铁生和北村等。史铁生的散文《我与地坛》以及长篇小说《务虚笔记》完全就是对日常生存价值的细究与思索。在《我与地坛》中，作者写道："设若有一位园神，他一定早已注意到了，这么多年我在这园里坐着，有时候是轻松快乐的，有时候是沉郁苦闷的，有时候优哉游哉，有时候恓惶落寞，有时候平静而且自信，有时候又软弱，又迷茫。其实总共只有三个问题交替着来骚扰我，来陪伴我。第一个是要不要去死，第二个是为什么活，第三个，我干吗要写作。"[①] 可以设想，如果没有这样一种沉静与思考，史铁生就不会是今天的史铁生，他的文字就不会有重量。而这些思考与试图回答便构成史铁生的日常生活与写作的推动力。"活着不是为了写作，而写作是为了活着。""只是因为我活着，我才不得不写作。或者说只是因为你还想活下去，你才不得不写作。"这似乎就是作者找到的答案。他似乎因此拯救了自己的日常。在《务虚笔记》中，史铁生的思考更为日常化。从"务虚"二字就可以看出，作者在思考，在寻找日常的意义与价值。小说开始不久，作者就写道："现在我有点儿懂了，他实际是要问，死是怎么一回事？活，怎么就变成了死？这中间的分界是怎么搞的，是什么？死是什么？什么状态，或者什么感觉？就是当时听懂了他的意思我也无法回答他。我现在也不知道怎样回答。你知道吗？死是什么？

---

① 史铁生：《我与地坛》，载毛信德：《大学语文新编教程（文学卷）》，浙江大学出版社2000年版，第441页。

你也不知道。对于这件事我们就跟那两个孩子一样，不知道。我们只知道那是必然的去向，不知道那到底是什么，我们所能做的一点儿也不比那两个孩子所做的多——无非胡猜乱想而已。这话听起来就像是说：我们并不知道我们最终要去哪儿，和要去投奔的都是什么。"在这里，我们分明看到一个没有宗教信仰但又努力想解读生与死两个结的思索者。史铁生笔下的日常世界显然与陈忠实笔下的日常世界是两回事。在史铁生的笔下，传统的儒家伦理价值观已不复存在，他只是从存在本身讲起，又在存在中结束。他的思索与存在主义哲学家们如出一辙。他写道："我迷惑和激动的不单是死亡与结束，更是生存与开始。没法证明绝对的虚无是存在的，不是吗？没法证明绝对的无可以有，况且这不是人的智力的过错。那么，在一个故事结束的地方，必有其他的故事开始了，开始着，展开着。"[①]这使我们又一次想起萨特的《存在与虚无》，但显然，史铁生的存在与虚无与萨特的并不完全一致。在萨特那里，虚无也充满了激情，而在史铁生的笔下，虚无是一种沉静，似乎更接近于老庄。在这部小说中，作者始终拷问自己：为什么要写作？也在拷问所有的阅读者：生为何来？死为何故？在史铁生的写作中，我们似乎看到一个类似西西弗斯的人物：他对故园（地坛，等于西西弗斯的大地、海洋、山川）充满了热爱，这是他生命中自然的力量所在；他对人世间的日常规则和一切都充满了拷问、质疑（也就是对诸神的惩罚有一种反抗），而他内心

---

① 史铁生:《务虚笔记》，春风文艺出版社 2006 年版，第 4 页。

深处自有崇高的法则（宿命，爱、特别是母爱，自由，尊严等）。

与陈忠实、史铁生又不同的是北村，其在《愤怒》中以基督教的视角来审视日常，拯救日常。这可以说是一种有信仰的拯救。然而，此种拯救对于没有宗教的大多数中国人来讲，是遥远的难以企及的福音。

事实上，这些对当代人的日常困境的发现与揭示还远远不够。巴赫金说，对于现当代的人来讲，日常的困境多来自体制，因为体制关涉着人的生存与自由。我们还没有看到真正能震撼心灵的此类大作品，还没有《局外人》《变形记》一样能够长期争议的文本。即使有了这样的作品，也远远不够，人类还需要更伟大的作品，它们不再是埋怨的、愤怒的，而是确立的。即使有了这样的作品，也还不够。因为我们不仅需要正义、平等、爱、牺牲等正面的伦理道德价值，还需要去体味大地的微笑、山川的歌声、阳光的抚爱，让生命与伟大的生命自然地融合、交汇、娱悦，如同西西弗斯。

这样一种生命的寻找我们才刚刚开始，这便是作为生态的人的位置、意义、信仰与新的一切。也就是去发现生命本身散发的优美与力量。海德格尔就宣称，人类已经与大地母亲发生了强烈的冲突，这种冲突随着工业化的挺进而变得日益剧烈，现在人类与大地、山川、海洋、星空已经对立了起来。生态的破坏已经成为人类的罪责。假如西西弗斯重新从地狱里来到人间，他可能会痛哭失声，他会重新愤怒，他会向人类自我宣战。西西弗斯是这样的英雄。我们也需要这样的英雄。事实上，作为描写这样一种生态现状的文学在90年代以来已经有一大批了。它们大多是以报告文学、散文、随笔甚至大量的新闻报道的形式出现。人们通过这些报道知道了可可西里、沙尘暴、大兴安岭的森林、正在沙漠化的草原、可怖的煤窑、正在干涸的石羊河等。唯一以小说引起社会极大关注的是《狼图腾》。这部小说虽然宣扬了一种人类早已放弃的尚武精神和游牧文化的侵略性，是应该警惕的，但是，它同样发现了人、狼、羊、马、鼠和草原的一种天然的关系，发现了作为自然生态圈中的人的位置。在人类早期的历史中，人与自然是一体的，但慢慢地，人成了自然的主宰，最后，人成为自然的毁灭者。这使人类发现了作为物种的人，可能会在整个的生态历史上消失。近现代生物学、历史学、地理学无不在强调这样的人类生存状，但是，直到20世纪后半叶人类才真正地意识到这种彻底的危机，生态文学、生态哲学应运而生，中国走得更慢。中国的文学只是意识到环境的可怕，在揭示人对环境恶化的漠视，还没有深入到人与大地、森林、海洋更为深邃、古老的情感关系中。也就是说，对大地、森林、海洋、阳光的热爱还没有融入日常细节。

对人的日常价值的发现、重构不仅是当代中国作家所面临的巨大难题，也是整个人类知识分子自20世纪以来面临的最大难题。

五、结语

虽然近一个世纪以来有关人性的争议始终不断，人性的答案也没有一个公认的看法，但一个人的伦理维度不外乎人与自身、人与异性、人与他人和社会、人与自然四个方面，90年代以来的文学在这四个方面都有新的发现。这种发现，准确一些说是重新发现，因为人的很多内容原本是有的，只是在一段时间内被遮蔽或隐藏了，现在又重新发现了。有些是深度发现，如女性的主题。重新发现后，便是重构，不可能再回到原来的老路上，一定有新的内容参与。于是，我们发现，90年代以来的文学，在人与自身的关系中发现了身体；在人与异性的关系中发现了女性的被压迫，发现了平等的新内容；在人与他人与社会中，发现了日常的人、自由的人和道德的人；在人与自然的关系中，发现了作为生态的人，一个自然而又自由的人；而在这一切之上，发现了信仰的人。

但是，必须强调，这些发现比起汹涌澎湃的流行文学来说，实在是微弱的。正义的声音听起来是广大的，热烈的，一呼百应的，但实际上，发出正义之声的人是罕见的，是沉郁的，孤独的，愤怒的。比如鲁迅。然而，这样的声音必将被人记住，超越时代而仍然在轰鸣着。真正的文学史实际上正是这样一些孤独的声音串在一起的。因为它们代表了一个时代最深沉的思考，代表了人类正面的理想、追求和价值，代表了未来的方向。

（本文系2010年度国家社会科学基金重大招标项目"原生态视域中的当代西部文学研究"［项目批准号10XZW026］阶段成果之一）

王母娘娘百年变形记

——西王母形象变迁和影视形象改编特征

西王母是我国古代神话传说中普及较广、影响较大的一位西北方的部落女神，汉时归入汉文化范围，后经道家的多方演绎，已然成为中华文化中创世神一类的女神，在文学和影视中又以"王母娘娘"的形象为世人所熟知。但从"西王母"到"王母娘娘"，这一神仙形象几经变迁，甚至与她最初的形象相差甚远。这一变迁过程直接反映出社会文化思潮的流变，体现了古代中国社会文化信仰和伦理道德体系的发展脉络。

进入 20 世纪以来，影视产生以后，西王母形象从原来的文学艺术的传播走向影视传播，又经历了新一轮形象改编。故而在今天观众能从影视上看到各种版本的"王母娘娘"形象，20 世纪以来风起云涌的社会思潮流变和大众文化、娱乐文化的兴起以及各种新媒体的产生使得"王母娘娘"从神仙庙堂走向民间。在这个传播过程中，其自身携带的中国传统文化中的伦理符号也因此延展开来，影响着大众。因此，梳理和探究西王母在一个多世纪以来尤其是近三十年以来的影视形象变迁，研究其影视改编特征，总结其得失，对于进一步讲好中国故事、丰富中国形象和传播中国文化有着积极作用。

一、"西王母"文化形象变迁概述

（一）从先秦到汉代

从文献追溯来看，西王母最早并非直指人，而是位于我国西方的一个原始部落，来自《尔雅·释地》："觚竹、北户、西王母、日下，谓之四荒。"郭璞注："觚竹在北，北户在南，西王母在西，日下在东，皆四方昏荒之国次四者。"①《汉书·地理志》②记载：金城郡临羌县"西北至塞外，有西王母石室。"由此二处可见，西王母最早是一个中国西方的部落名称，或可代指部落首领的名字。③关于这一部落的具体地理位置的描述和西王母形象的文字记载，在许多先秦典籍中都有关于她的记载，最早可追溯至《山海经》。

《山海经》的记载最为原始和详细，其中对西王母的记载共有三处，根据三处的记载，大概推测这不是一时一人所记。首先，

---

① 郭璞校注：《尔雅》，浙江古籍出版社 2011 年版，第 42 页。
② 《汉书·地理志》包括上、下两分卷，是班固所写的古代历史地理之杰作。内容包括西汉及之前中国疆域及政区的划分及消长演变情况。
③ 安海民：《先秦时期青藏高原的民族与文化》，《青海师范大学学报（哲学社会科学版）》2019 年 8 月 18 日。

在《西次三经》中："又西三百五十里，曰玉山，是西王母所居也。西王母其状如人，豹尾虎齿而善啸，蓬发戴胜，是司天之厉及五残。"[1] 在这段记载中，西王母样子像人却不是人，蓬发上戴着玉胜，豹尾虎齿，还擅长野兽般的啸叫，是掌管瘟疫的天神。其次，昆仑山的西王母是怎样的呢？《大荒西经》曰："西海之南，流沙之滨，赤水之后，黑水之前，有大山，名曰昆仑之丘。有神，人面虎身，有文有尾皆白。处之，其下有弱水之渊环之，其外有炎火之山，投物辄然，有人，戴胜，虎齿，有豹尾，穴处，名曰西王母。此山万物尽有。"[2] 昆仑山的西王母是人面虎身，身上和尾巴都是白色的斑纹，头上戴着玉胜，有老虎的牙齿，豹子的尾巴，而且指出她的穴居身份。最后，蛇巫山的西王母又是怎样的呢？《海内北经》又曰："蛇巫之山，西王母梯几而戴胜杖。其南有三青鸟，为西王母取食。"[3] 她倚靠在几案旁，头戴玉胜，执杖而坐，有三青鸟为她张罗吃喝，有三足乌供她差遣，与道教王母娘娘相比，《山海经》里的西王母可以用兽人来形容，是她最原始的自然神形态，她是天神，也是玉山、昆仑山和蛇巫山的山神。《山海经》是战国到汉初这段时间编辑的一本志怪书，收录了从中国的创始神帝俊、常羲、伏羲、女娲、西王母等到黄帝、蚩尤、共工等一直到大禹的儿子启这段历史中人们对天下山、水、

---

[1]　吴振琦：《西王母形象演变动因探析》，中南民族大学硕士学位论文 2012 年。

[2]　吴新忠：《楚辞神话 17》，http://blog.sciencenet.cn/blog-1668877-1170373.html，2019 年 3 月 19 日。

[3]　商亚南：《萧县画像石造型初探》，《文物世界》2020 年 3 月 30 日。

人、兽、矿产、草木、飞禽、环境等的描述，可谓光怪陆离，似真亦幻。

从这些看似荒诞的文字描述中，我们可以大概看出当时西王国这个部落的一些衣着特征及生活习惯：蓬发、虎齿、豹尾，显示出她粗犷的外表；穿着野兽的毛皮，串成虎齿，戴着项链，手持权杖，表现她的威严。西王母所住的地方四周有火山、流沙、弱水，其上有玉，其地"万物尽有"，其国人尽为巫师。

自汉以来，探究西王母的形象就已经成为包括汉武帝在内的皇帝、学者及民间术士们追逐的热点。汉武帝派张骞往西域沟通月氏人、察探西域地理民情、探究昆仑山与西王母以及黄河的源头等。十三年后，张骞历经苦难，返回长安，向汉武帝述职，其中就说到西王母国已经迁至条支国（《史记·大宛列传》）。汉武帝后来专程到崆峒山遥望昆仑，因相隔千里而作罢，遂在崆峒山附近建王母宫，即今天平凉市泾川县王母宫。回宫后，他又在宫中进行祭祀。时各地效仿，兴建了不少王母宫，西王母就此成为汉文化的一个重要神仙。

近代以来，由于传播手段的现代化，各种学术得以交流，这就使得学者们可以广泛探索中外各种资料中的西王母形象。在众多学者的解释中有一种最具说服力，即萨满教影响之说。据人类学家研究，当时兴盛的草原丝绸之路连接着中国的北方和其他一些国家，这些国家和地区都盛行萨满教，这是一种很古老的宗教，起源于原始渔猎时代，分布于北亚，在我国流传于东北到西北边疆地区，信仰万物有灵论。在各种外来宗教先后传入这些地区之前，萨满教几乎独占了我国北方各民族的古老祭坛。① "萨满"为通古斯语，意为"巫师"。而据《山海经》中对于西王母所居昆仑山地理位置的描述推测，其也在萨满教的影响范围之内，故而西王母的形象与萨满教中巫师的形象或萨满仪式上所用面具的形象有几分相像，进行萨满仪式的人在祝祷过程中戴着虎头面具，身上装饰各种羽毛、手持权杖，与《山海经》中西王母"蓬发戴胜"的形象有很高的吻合度。甚至有学者指出，西王母实际上是一位居住在昆仑山的萨满王。②西北地区由于受到儒家文化的影响较大，萨满教这类原始宗教的传统渐渐湮灭，只留下一些遗迹。从这个角度来说，西王母的原始形象就有了合理的解释。

萨满教的流布线路形成了一个连接中原腹地与西北地区的"大通道"，萨满教沿着陆路的"大通道"得以传播，萨满王西王母也因此得到了人们的崇拜。这一"大通道"的形成也与西北的游牧文化有关，因此西王母就成为中原的农耕文明与西北游牧文明往来交流的一个重要"中介"，从这个角度来说，西王母对整个中华文明的形成起到了桥梁般的作用，如最早的天干地支、星相学等都可能源于西王母国，她与上古时代其他神话人物之间或许有着千丝万缕的关联，她无疑是早期中华文明的创造者之一。

从各种传说和史料来看，从大禹时代到周穆王时代的一千年中，史料几乎没有西王母任何记载或传说。这至今是一个谜团。这可能是夏后期中心不断向中原迁移而西戎不断侵扰并阻隔中西

---

① 吉晶玉：《〈阅克博汝〉的史学意蕴》，《北方文学（中旬刊）》2014 年 4 月 30 日。
② 蔡大成：《论西王母形象中的萨满教因素》，《云南社会科学》1988 年 4 月 30 日。

部的交流，导致夏初形成的九州中的雍州和梁州二州与中东部地区脱离，西王母也便失去了消息。探讨这些历史地理知识，有助于探索华夏文明的起源。百年来，已经有很多考古发现。但这不是本文讨论的重点，暂时不表。

周穆王时，又出现了关于西王母的描述，即《穆天子传》中说道：周穆王去拜见西王母，途经了整个河西走廊，那时河西走廊包括今天甘肃、青海、陕西、内蒙古、宁夏、新疆的部分地方，被笼统地称为"西戎之地"，周穆王征讨了西戎的五个王再往西走，最后才见到了西王母。这一次，西王母以美女的形象出现在周穆王面前，且能歌善舞。她备有美酒，款待周穆王。这里西王母也第一次以女性形象出现，自称是帝女，被理解为天帝的女儿，也叫女帝。"母"字按照说文解字来说，是女性怀孕哺乳的形象。因此她以女性姿态出现，与周穆王相互赠物吟诗，以三年为期，相邀再聚。这里的西王母已经不是山海经那个可怕的兽人了，而是颇具魅力的女神了。

也是在《穆天子传》中："西王母为天子谣曰：白云在天，山陵自出。道里悠远，山川间之。将子无死，尚能复来。"郭璞注："将，请也。"则西王母能够赐予人年岁，使人长生。战国初期，追求长生不死的仙人信仰开始出现，西王母成了掌管不死权力之神，欲请不死药于西王母，也有可能就是在这时诞生的，西王母摇身一变，成了送药大神，在这套神仙体系中，所有寻找西王母的梦都无功而返，人们只好寄希望于死后，汉代壁画里，西王母负责送神药，命玉兔捣药，蟾蜍伺药，那里便是制作和掌管不死药的地方，西王母赐仙药于墓主，象征着他们将飞升，成为天上仙官。

（二）汉以后的演变

在西王母变成雍容华贵的女神之前，还有汉代初期的一段过渡形象，即老妪形象。她先是从半人半兽的部落首领变为白发老妪。在司马相如的《大人赋》中，描绘西王母为："皓然白首戴胜而穴处兮，亦幸有三足鸟为之使。""皓然白首"进一步描述西王母一头白发。又如《淮南子·览冥训》："西老折胜，黄神啸吟。""老"通"姥"，即老母之意，故当时西王母也被人们称为"西姥"。《竹书纪年》中，西王母的形象就成了一位雍容的女帝王形象。到了汉武帝时期，西王母的形象就摆脱了老妪而变成端庄的女神："可年卅许，修短得中，天姿掩蔼，容颜绝世。"[1] 这一形象也基本奠定了后世常见的西王母形象，并在西汉中期以后的壁画石画上得到证明，其中的西王母形象基本可见是个端庄、华美的女神形象[2]。

东汉至魏晋南北朝，道教形成并确立。西王母便被纳入道教的神仙体系，成为道教至高无上的女神，民间俗称"王母娘娘"。据《墉城集仙录》载：西王母即九灵太妙龟山金母，又号太虚九光龟台金母元君，系先天西华至妙之气化生。[3] 到了上清道教兴

①　阙名：《汉武帝内传》，载王根林等点校：《汉魏六朝笔记小说大观》，上海古籍出版社1999年版，第142页。

②　高文：《四川汉代画像石》，巴蜀书社出版社1987年版，第80页。

③　杜光庭：《墉城集仙录》，中国文史出版社2000年版。此书记载圣母元君、金母元君、上元夫人、昭灵李夫人等三十七位女仙事迹。相传西王母所居为金墉城，女仙归千母所统，所收皆为古今女仙，故以此为书名。收入《正统道藏》洞神部谱录类。

起，直接推崇王母娘娘奉为尊神，将王母娘娘列为七圣之一，说西王母就是盘古之女，三界内外十方女子凡是登仙得道者，都是西王母的属下。东晋葛洪在《枕中书》中称其为元始天王与太玄圣母通气结精后所生之女，号曰"太真西王母"，是西汉夫人，"所治群仙无量也"。后来《古今图书集成·神异典》(卷二二二)又宣称她是自"西华至妙之气"所化生，"生而飞翔，以主毓神元奥于渺莽之中，分大道醇精之气，结气成形"。而成太阴之精，女仙之宗，与太阳之精东王公相配匹，"共理二气，而育养天地，陶钧万物矣"。凡是世上成仙之人，进入天庭，都要"先见西王母，后谒东王公"，然后才能进入三清境，拜见元始天尊。①

在《汉武帝内传》中有记载"王母娘娘"下赐三千年结果的蟠桃的故事，因此，在"王母娘娘"的神话传说中开蟠桃会的故事深入人心。据道书记载，西王母居住在昆仑山上的悬圃里，是一座叫作"阆风"的空中花苑中，一共有玉楼九层，左绕瑶池，右环翠水。有五女(又一说此五女为其女儿)，名"华林""媚兰""青娥""瑶姬"与"玉卮"。王母有件宝物，是吃了能长生不老的仙桃(又称蟠桃)，此桃三千年开一次花，三千年结一次果，吃了可以延长寿命。王母娘娘每逢蟠桃成熟时，就会召集群仙，大开寿筵，称为"瑶池集庆"。因此，民间遂以王母娘娘为长生不老的象征。②《西游记》中也沿用了这一道教体系中西王母的职能：

---

① 张兴发：《道教神仙与道德之关系》，《中国道教》2001 年 10 月 28 日。
② 百度百科词条"王母娘娘"，网址：http://baike.baidu.com/view/30080.html，2008 年 4 月 20 日。

西王母种的蟠桃乃仙树仙根，小桃树三千年一熟，人吃了体健身轻，成仙得道；一般的桃树六千年一熟，人吃了白日飞升，长生不老；最好的九千年一熟，人吃了与天地齐寿，日月同庚。

即至唐代，西王母在唐人的宗教信仰世界中又以不同的形象出现。隋唐之前，可以发现，其经历了原始形象、人化、仙化、道化的过程，西王母成为仙方、法术的"制造者"，是最大的"神仙家"，"生不知死、与天相保"，"养育万物、主宰生育"，"母养群品"等，这些特点也都符合唐人的信仰体系，可以为其所用。因此，唐人对于西王母的崇拜可以说在其之前的神性中各取所需，但大体上，西王母在唐时最终形象定位为：阴性力量的终极拥有者、女仙的领袖和道教经典经文的传授者。

到了宋朝，西王母的形象已成型，以至于当时许多神仙传说故事都会附会到西王母身上，将其形象进行民间性和普世化的演绎，完成西王母形象的世俗化过程。宋代以后，西王母的身份逐渐转变为较为单一的"王母娘娘"，她的神格也有了新的变化，成为无所不能的人间尊神。到了明代，西王母成为集爱神、生育之神、救苦救难之神等众多神于一身的神。①

西王母形象的演变至此已彻底完成了由凶神到善神、由生命之神再到主生育、保平安的无所不能的尊神、由理想化到世俗化这一历史演变。从以上阐述可以看出，从上古神话到先秦、汉魏，再到唐宋元明清，西王母的形象发生了翻天覆地的变化。这一变

---

① 王圆圆：《西王母形象的演变及其成因》，《北方文学（下旬刊）》2016 年 1 月 1 日。

化的背后是深层次的社会文化变迁，是人们的宗教信仰对于这一形象的构建和改变。

（三）"西王母"的世俗化特征

在西王母形象的变迁过程中，人们逐步完成了西王母的人格化构建，使其与俗世社会有了普遍的联系。从孤独的原始形象到创造女神，再到后来有了丈夫和孩子，完成了中国世俗化的伦理建构。

1. 父母

关于西王母的来历，最早记载见于先秦，说她是居于昆仑丘的山母神、始祖女神，并无父母。东晋的葛洪则认为，西王母与东王公是盘古、太元圣母所生。见葛洪《枕中书》："复经二劫，忽生太元玉女，……生天皇十三头，治三万六千岁，书为扶桑大帝东王公，号曰元阳父；又生九光玄女，号曰太真西王母，是西汉夫人。"① 此一说中，西王母与东王公是兄妹关系，他们的父母是盘古和太元圣母。

2. 配偶

在先秦神话体系中，西王母最初的配偶是东王公，但到了元明清时期，民间传说及小说戏曲中西王母演变为道教系统中的王母娘娘，其配偶则成了玉皇大帝。

关于东王公的最早记载见于汉代，被认为是"阴阳"中的阳神，对应阴神西王母，也无父母。这与最早关于西王母来历的记

---

① 刘屹:《六朝道经中的西王母》，载《2015 丝绸之路与泾川文化学术研讨会》，2015 年 8 月 28 日。

载一致。到了汉末，西王母被认为是由先天阴气凝聚而成的母神，主管女仙，执掌昆仑仙山。而先天阳气凝聚而成为东王公，主管男仙，执掌蓬莱仙岛。可以说西母与东皇相当于神仙中的人事管理者。西王母在战国时期见诸记载，东王公见于汉代。由于当时颇为高涨的阴阳观念，西王母与东王公对举而被奉祀。①西王母与东王公在东汉时期对举的记载有三处：

①《历代神仙演义》："木公至方诸，以紫云为盖，青云为城，静养云房之间。广种青芝于圃，以玉屑壅布，所产极多，取以为饵。与金母二气相投，生九子五女。渐收有缘男女，录为仙官仙吏，各有司属。"②

② 西王母与东王公相会，见于东方朔的《神异经·东荒经》中"人形鸟面"一篇曰："东荒山中有大石室，东王公居焉。长一丈，头发皓白，人形鸟面而虎尾，载一黑熊，左右顾望，恒与一玉女投壶"。另外，东汉初，郭宪的《洞冥记》卷二载有："昔西王母乘灵光辇，以适东王公之舍，税吉云神马游于芝田，乃食芝田之草。东王公怒，弃马于清津天岸。"

③ 祀东王公与西王母为阴阳二神，见于东汉中叶赵晔《吴越春秋》。《史记》言越王勾践靠"七术"复国，具体内容未详，而在《吴越春秋·勾践阴谋外传》中则言其第一术——"尊天祀鬼神以求福"，即"立东郊以祭阳，名曰东皇公；立西郊以祭阴，名曰西王母。"西

① 吴新忠：《〈易经〉解密：〈封神〉47》，http://blog.sciencenet.cn/blog-1668877-1138948.html，2018 年 10 月 5 日。

② 〔清〕徐道：《历代神仙演义》（上），辽宁古籍出版社 1995 年版，第 21 页。

王母与东王公皆作雍穆王者之象，俨然为长寿富贵的守护神。①

西王母至道教神仙体系中完成演变，俗称"王母娘娘"后，她的配偶也发生了变化，系玉皇大帝。玉皇大帝是民间神话的天庭之主，作为人间皇帝的映射，必须得有皇后才够完美，王母娘娘于是充当了这一角色。也有部分传说中王母娘娘不是皇后，而是玉帝之母皇太后。小说、戏曲中，普遍将王母视为玉帝的配偶神，庆寿、献桃、度化成仙是王母的主要工作。②元明小说中的西王母与玉帝配对，织女、七仙女也从一般女仙，逐渐演变成为王母的女儿们。不过王母并非强势的执法者，反而像人间后妃般依循母职，无意干涉朝中事务。③

3. 女儿

民间体系中，王母娘娘的女儿流传最为广泛的是七仙女。汉代开始出现七仙女传说，"董永奉亲"石刻图上七仙女为羽衣人形象。汉代多有壁画为羽衣人环绕西王母、东王公。七仙女疑为王母、王公的属神。后期民间传说里，则有说七仙女就是王母的女儿。

另一说跟星宿相关。织女原是星宿，沿帝星靠近北极，与太一天帝有关。织女原是汉代天帝的孙女，汉代《史记·天官书》称织女为"天孙"。后期在民间传说中，被改为王母女儿。

目前众多影视剧的改编，也都沿用了这两种人物关系，将王

① 李秋香：《文化认同与文化控制：秦汉民间信仰研究》，河南大学博士学位论文 2010 年。
② 丘慧莹：《民间想象的西王母——以世俗宝卷中的王母为例》，载《河南教育学院学报（哲学社会科学版）》2010 年 1 月 30 日。
③ 吴振琦：《西王母形象演变动因探析》，中南民族大学硕士学位论文 2012 年。

母娘娘的家庭关系设定为道教和民间神话体系中的结构。除此，道教上清派体系中，王母娘娘的女儿是华林、态盈、玉卮、媚娴、青娥、婉罗、瑶姬这七位。这是由于道教本身在历朝历代的完善与演变中，其神仙人物谱系有所增减，故常有不同的人物出现。民间有时将上清派诸女等同于七仙女。《玄怪录》收有"态盈、玉卮"两个名字，《墉城集仙录》收有"华林、媚娴/媚兰、清娥/青娥、婉罗、瑶姬"五个名字。

4. 儿子

关于西王母儿子的传说，最早见于明《历代神仙演义》，如前文所引，"木公至方诸……与金母二气相投，生九子五女。"东王公在碧海之上化生，有海神的属性，其九子随东王公在碧海潜修，不涉他务。除此之外，随着西王母文化进一步世俗化之后，其家庭建构与一些民间传说相结合，关于其儿子的形象、来历有了多种版本，如江西民间传说：相传西王母第九子玄秀真人飞跨白鹤，翩翩而至，筑坛山上，镌有"以祭灵仙"四个大字，前人诗赞："共说西王母，有子跨鹤来。山深藏窈霭，林静长莓苔。丹灶泥封旧，元坛劫木灰。莫云仙迹幻，咫尺有蓬莱。"①

从上述西王母家庭构建的变迁中可见，对于这一神话人物的丰富和完善，是出于功利化和世俗化的社会目的，将当时社会需要的神性与人性相结合，一方面是适应社会和时代的伦理需要，另一方面也是教化需要，有与时俱进、适时而变的特点。

---

① 出自诗咏《仙坛月珮》。

二、"王母娘娘"影视形象改编特征

早在 20 世纪 30、40 年代,"王母娘娘"这一角色还是沿袭古代传统,多出现在传统戏曲中,与玉皇大帝捆绑在一起,代表天庭势力和至上权威,这类戏曲也多与"王母娘娘"相关的民间传说有关,如《天仙配》《七仙女》《宝莲灯》等,这一时期的影视作品中几乎不见其身影。

"王母娘娘"影视改编形象在 20 世纪 60 年代逐渐出现在观众视野里。这离不开当时香港邵氏电影公司致力于对中国民间传说和神话故事的电影改编,如"牛郎织女""七仙女""宝莲灯"和"西游记"等故事中。她的影视初始形象从那时就已经成为世俗化了的"王母娘娘",而非"西王母"形象。早期的影视改编也多建立在传统戏曲的基础上,以戏曲电影为主,如 1955 年由石挥执导、严凤英主演的黄梅戏电影《天仙配》,1963 年由岑范执导、严凤英主演的黄梅戏,同年由何梦华执导、凌波主演的古装戏曲奇幻电影《七仙女》,1964 年由王天林执导的《宝莲灯》等作品中,"王母娘娘"是玉帝的妻子,天宫女主人,多以配角出现,并扮演着封建权威的实施者角色,如拆散牛郎和织女、反对七仙女和董永的爱情等;其影视形象在黑白电影的年代也较为朴素,且遵循戏曲电影中这一角色的扮相,虽有头饰、妆容和华服,但较之 80 年代以后的影视形象,缺少了"雍容华贵"的奢华氛围。

80 年代,是中国电影空前发展和电视剧崛起的时代,所以从这一时期开始，王母娘娘频繁出现在各大电视剧中，故而本文主要梳理 80 年代中期以来的影视形象流变。

从 1986 年《西游记》中的"王母娘娘"形象到 2011 年《天地姻缘七仙女》中的"王母娘娘"形象的改编特征，可以从头饰、服饰和妆容三个方面来分析。

（一）头饰特征及改编规律

我们先来看一个统计图表：

表 1　各当代影视剧中"王母娘娘"一角的头饰、服饰和妆容特征

影视剧名称 上映时间 扮演者	头　饰	服饰和妆容
《西游记》 1986 年 万馥香	头发盘起，端庄大方；头戴金钗，上有金坠，全为金饰，富丽堂皇。	身穿黄袍，紫色披肩笼于肩上，橘色绣服；胸前佩戴金项圈，眉心有红点。演员万馥香为中年女性，略胖，富态。
《花木兰》 1998 年 崔红红	头戴金钗、头发盘起，发钗左右长出，上套有金链子，连接左右发钗，呈 U 字形。	黄色绣服，左边压襟，腰缠金腰带，戴金球状耳环；额前画一朵花，从左到右布满额头。演员崔红红系中年女性，端庄大方。
《镜花缘传奇》 1999 年 焦娇	头戴金冠、金光闪闪、珍珠吊坠垂于两侧。	黄色凤袍加身，刺绣披肩，上绣有凤凰；除黄色外衣服颜色还有橘色、红色、紫色、蓝色等。面容威严，眉心红点。
《春光灿烂猪八戒》 2000 年 戴春荣	头饰较之以前扮相，以白色为主，头戴白色吊珠发钗，左右展开。	妆容较朴素，戴珍珠吊坠耳环，服饰较华丽，以白色、金色为主，领子立起，像一个蚌壳。演员戴春荣为中年女性，端庄威严。
《玉帝传奇》 2003 年 孙宁	头戴凤冠，端坐于金色宝座之上，表情威严。	身穿红袍，里面金黄色丝绣，大翻领，背景是扇形金屏风。演员孙宁较为年轻。

影视剧名称 上映时间 扮演者	头　　饰	服饰和妆容
《我和僵尸有个约会3》 2004年 陈炜	（瑶池圣母）编发，额前绑一根编发，其余头发编成小辫子垂下，与传统古装剧中的装扮截然不同，系为穿越架空背景。	造型独特，全身红色皮制衣服，坎肩；红色皮手套，长及胳膊肘，下身红裙，纱制。演员陈炜为年轻女性，以动作戏为主，极具现代性。
《宝莲灯》 2005年 刘晓庆	头饰以金、银饰为主，形状多以花形为主，辅以珠链，额前金叶，头发盘起。	妆容较浓，眼线长，额前画有花，有时是金色圆片，鬓角是戏曲式的，脸上有时贴有装饰纹；身披橙黄色丝绸锦服。不同场景扮相不同，但大同小异，呈现雍容华贵、威严庄重之感。
《欢天喜地七仙女》 2005年 潘虹	造型多变。头饰以金钗为主，配以孔雀羽毛、珍珠等配饰，额前有金饰吊坠。	眼妆夸张，身穿红色、黄色、橙色绿色等不同款式衣服，时而绿色大立领披风，里面红色丝绸绣服，时而橘色披风。造型独特，较为烦琐。
《天外飞仙》 2006年 邬倩倩	五彩水晶王冠嵌在发型正中央，两边为白色椭圆形流苏发簪和粉色花朵发簪，小水晶发网包裹着盘起来的头发。	穿黄绿色、镶满了小水晶的长袍，披白色毛绒披肩；脖子上佩戴由大小依次渐变的黄色蜜蜡与五彩同等大小的珠子组成的项链；耳朵上佩戴由水晶组成的圆形耳饰，圆圈下垂三个水滴形水晶，圆圈内为小水晶组成的小型水晶球；双手中指各佩戴一枚黄金为戒托的宝石戒指。
《天仙配》 2007年 韩再芬	头饰1：冠上饰件以凤为主，凤凰用金丝堆垒工艺焊接，呈镂空状，富有立体感；凤形作展翅飞翔之状，口中所衔珠宝长长珠宝串饰。两支金簪插于发型两侧，由金丝、珍珠组成的流苏状；发尾及整个发型轮廓发饰呈祥云状，由黄金制成。	服饰1：金绣凤纹真红大袖衣，衣领和袖端处绣黄色织金彩色凤凰，全衣以金丝线绣制而成的花形为主，大带为黑色丝质织成，中间镶嵌红色宝石，两边对称镶嵌玉石、珠宝，玉花彩结绶、以金色线罗为结；蔽膝以金黄色打底，图案为绿色、红色、紫色等诸色彩线织成的凤凰。耳饰头尾部由两颗珍珠组成，中间为黄金制成的镂空椭圆形，圆内含一颗红色宝石。

影视剧名称 上映时间 扮演者	头　　饰	服饰和妆容
《天仙配》 2007 年 韩再芬	头饰 2：头顶与正中央为一朵盛开的金色花朵，且镶嵌着一枚珍珠；发型正面两侧为对称的金色饰品，且各镶嵌着两枚较小的珍珠；发尾及整个发型轮廓发饰呈祥云状，由黄金制成。	服饰 2：长衣由红色薄纱织成，金丝绣满各式纹案，衣服上的红色亮片形成一朵朵盛开的花朵；大带、蔽膝、耳饰同上。
《功夫之王》 2008 年 刘晓莉	头饰正中央为圆形镂空金色制品，四周依次镶嵌着八颗由大到小的红色圆形宝石，对称排列，最下方为一颗小型白色圆形宝石；饰品中间为水滴形琥珀色宝石，在琥珀色宝石两边有蓝色小型宝石填充着与四周圆形宝石的缝隙；发型两边为金色六边花瓣形发簪，每个发簪根据大小均镶嵌着数量不同的白色宝石。发饰后面有六个发簪，上下对称各三个，上面两边为纯金色制成的树叶状发簪，下面两边为金色制成的八角形发簪，且在上下左右四边各镶嵌四颗红色小型宝石。上面中间的发簪为如意形状，下面中间的发簪为孔雀开屏状，上面镶满了 13 颗绿色宝石，最中间上方一颗，两边对称各六颗。	黄色长袍华服，金丝线钩边，衣服上的图案为金丝线绣织而成的大小、形状不一的花朵，衣襟处镶嵌着五颗透明琥珀色大小不一的圆形宝石，上下对称。耳饰由两颗樱桃般大小及颜色相同的珠宝和一个黄金制成的镂空圆圈形且内置金色叶片状的饰品组成。
《宝莲灯前传》 2009 年 刘晓庆	头饰 1：以银灰色为主，上下各为一把扇形饰品，扇子上最中间为一朵翡翠色玉石雕琢的花朵，花朵中央镶嵌着一颗金色花蕊，周围有三朵金色较小花朵；发型中央为一银灰色镂空圆圈，两侧为两片上下连接在一起的树叶形银灰色发簪。	服饰 1：泛红的金茶色宽袖长袍，内着白色丝质 V 领长裙，两件衣服上都绣有金丝线绣制而成的花纹。耳饰为心形珍珠饰品，脖子上佩戴银色丝绸制成的项圈，上面嵌白色、紫色、黄色、绿色等各色宝石。

续表

影视剧名称 上映时间 扮演者	头　　饰	服饰和妆容
《宝莲灯前传》 2009 年 刘晓庆	头饰 2：金属色系，正中间为一块倒立的金黄色梯形片状物，嵌有一朵七层五瓣镂空花，花蕊由五颗珍珠组成，梯形向额头连接处为一块椭圆形金属片状物。正面发型两侧有两根凤凰爪金黄色头饰；五瓣镂空花后有一块长凹形金属色发饰，两端中间各有一只金色凤凰，凤凰周围各有 16 颗红色小型宝石；一根金色长棍形发饰横穿发型，上面挂有六条由金色小珠串联在一起的长链条，围绕着整个头部。	服饰 2：金黄色宽袖长袍，衣襟和衣袖处绣有祥云纹图案，衣领处有红色条纹凸出；大带和长袍同色且花纹一致；耳饰由珍珠和金色圆圈连接在一起的饰品组成；脖子处戴有多条金色项链。
《牛郎织女》 2009 年 宋佳	头饰 1：一体式金黄色凤冠，呈孔雀开屏状，五根金黄色长饰品突出，其中两边为对称的四根祥云状长簪，两边低处的饰品上挂满了由珍珠组成的流苏链；中间为一整块树立的，最上面为圆形，下面接倒"工"字形，尾部为倒"扇子形"的镂空金黄色饰品；额头上部为一朵盛开的纯金色花，花蕊为祖母绿色，周围围绕着一圈小珍珠。 头饰 2：凤冠由纯金打造，主要由两只凤凰对称组成；中间为一朵盛开的花朵，下垂一条金色的珠链；发型两边为对称的三根相同纯金色似单根凤爪发簪，发簪上下垂三条金色珠链。	服饰 1：底色为银白色等宽袖长袍，上面有金、银、红丝绣成的波状云纹、凤凰、花朵等花纹；金黄色衣襟向外反折，呈倒三角形下垂；长袍下着抹胸长裙，与长袍为同色系。 服饰 2：金黄色宽袖长袍，上面绣有金丝线绣制成的花纹；衣襟与袖口处由红色、绿色及金丝线绣成的花纹图，内着粉色抹胸长裙，上面绣有白色花纹。耳饰为纯金色三瓣花朵状。

影视剧名称 上映时间 扮演者	头　饰	服饰和妆容
《牛郎织女》 2009 年 宋佳	头饰 3：凤冠以一只飞翔的凤凰为基底，凤凰上两朵盛开的花朵；发型两边为对称的一根相同纯金色单根凤爪发簪，发簪上下垂三条金色珠链。	服饰 3：同服饰 2。
《传说》 2010 年 池华琼	纯金色凤凰左右各两只对称，都嘴衔红色小球形宝石，宝石上下被金色镂空花形托住，下面两只较大，且其下方为红色；头饰正中为金色网状饰品打底，上嵌金色花朵，再重叠一个由红色珠子组成的花朵，花蕊由白色珍珠围绕；花朵下连接黄金色心形物，其下方为倒三角装饰，下垂 7 个水滴形物，且每滴下方中间有一个红色圆形宝石；发型中间左右两边各一祥云状发簪，发簪下为黄金色筒状饰品，上嵌红色花朵；发尾两侧为云朵形带流苏纯金色制品；有几个金色纽扣形饰品对称嵌在发型下方。	大红色宽袖长袍，衣领和袖口处为金线钩边织成且绣有红色圆片织成的云状纹案；衣襟处有黄线、绿线、蓝线等绣成的凤凰图式，衣服上主要为金丝绣出的由三角形、圆形组成的"结"状物；耳饰为黄金色长链圆柱形饰品。
《西游记》 2010 年 刘佳	凤冠为球形状，上面雕一只飞舞的凤凰，束发带为黄金宽圈，正中间镶一颗紫红色宝石，下面连接一朵花形饰品，花蕊为一颗绿色宝石，花朵底部下垂 7 片水滴形金色饰品；发型中间左右两边对称插入一根祥云状黄金发簪，且垂掉一条由白色和紫红色连接成的宝石链；发簪上各插一支凤凰形发簪。	一身金黄色宽袖长袍，绣有云状纹案，身披紫色披肩，绣金丝线云状纹，披肩领由紫色羽毛组成，披肩袖中连接着紫色薄纱，连接处为金丝线绣制出的圆圈状纹样；耳饰由白色珍珠和金色圆珠组成。

续表

影视剧名称 上映时间 扮演者	头　饰	服饰和妆容
《仙女湖》 2010年 彭丹	凤冠呈一朵盛开的金黄色花朵状，中间花蕊处镶嵌有两颗白色珠宝，两侧花瓣处下垂流苏，额头上方处的金黄色如意锁形饰品中镶嵌一枚红色宝石；双鬓处有金色树叶形饰品装饰。	长袍底色为银白色，由金丝线绣制而成的花纹几乎布满全衣；竖立而起的双层云肩呈白色透明，上面由金丝线绣有凤凰与祥云；内着抹胸金色长裙；大带为银白色，正中间上绣有橘黄色花朵；蔽膝以银白色打底，金丝线钩边，上面有三组红线和黄线绣成的花朵，其中红色花朵为6朵，黄色花朵为3朵。 耳饰呈三角形金色如意锁形；脖子上佩戴由金色和透明色珠子串联在一起的项链。
《财神有道》 2010年 唐群	凤冠由黄金和红色宝石制成，呈五爪形，每条较宽的金色"爪"上依次镶嵌着红色、绿色宝石；凤冠正中间为一朵盛开的三瓣莲花形饰品，每瓣花上嵌着一颗红色宝石，由中间向两边依次变小，花朵正中嵌有一颗较大的红色圆宝石，凤冠最下方与额头相贴处为五瓣相连的小花瓣，且每瓣上嵌有一颗红色宝石。发尾两侧各插一支金色扇形发簪，"扇子"上嵌有一颗红色和绿色宝石，发簪上下垂两条串联在一起的玉石链，一条由白色和黄色珠宝组成，一条由黄色和绿色宝石组成。头发背后还有一条长方形金色饰品，上面嵌有一条红色与绿色小宝石。	红衣宽袖长袍，上面绣有红色、绿色、黄色、紫色等花形纹案；袖口和大带处为紫色，袖口处绣有金丝线半圆及花纹，大带上绣有三瓣花形纹案，花蕊为一颗红色宝石；蔽膝以紫色打底，两侧以金丝线缝制，中间绣有黄色、蓝色、紫色等花纹图案；着泛红色立体云肩，上面绣满了金丝线花纹；披金黄色薄纱；耳饰为红色小宝石组成的花朵与暗红色水滴形宝石组成；脖子上佩戴由大小不一的红色圆形宝石组成的圆条形项链。

续表

影视剧名称 上映时间 扮演者	头　饰	服饰和妆容
《西游记》 2011 年 马丽	一体式黄金打造凤冠，一只飞舞的凤凰位于发饰中央，嵌红色、绿色等多色宝石；两侧插如意形发簪；围绕头部的珠宝链由白色和金色珠宝组成。	
《妈祖》 2013 年 娟子	凤冠为一朵纯金色三层多瓣花，花蕊由三颗红色宝石组成；两侧插有金色如意发簪，上面有三朵金花，花蕊为红色宝石装饰。	
《天地姻缘七仙女》 2011 年 万美汐	头饰以红色和金色为主，或头顶戴有大花、羽毛等装饰。	妆容夸张，眼线长到头发里，衣服以红色、金色为主，锦缎绸罗，皇室配色。

综合审视以上表格内容，不难发现，"王母娘娘"的头饰纷繁复杂、满目琳琅，但都脱离不了"雍容华贵""富丽堂皇"等形容词，这是变中的不变。

1. 以盘发为主：在众多影视剧中，王母娘娘的发型都以盘发为主，除非在个别穿越玄幻类的影视创作中，这一角色被赋予了"现代性"的装扮，如 2004 年的《我和僵尸有个约会 3》中陈炜扮演的"瑶池圣母"，额前绑一根编发，其余头发编成小辫子垂下，与传统古装剧中的装扮截然不同。演员也起用年轻演员，以动作打戏为主。相较而言，盘发更适合正式、庄重的场合，也适合中年女性，尽显端庄、大方、知性、稳重的气质。对于大部分包含王母娘娘这一角色的古装剧来说，如《镜花缘传奇》《宝莲灯》《天仙配》等剧集，"王母娘娘"都是女性权威的象征，在道教神仙体系中，"王母娘娘"是天庭玉帝的皇后，庆寿、献桃、度化成仙是王母的主要工作，同时，她也是织女、七仙女的母亲，掌管着女儿们的婚姻大事。因此，"王母娘娘"的荧幕形象就多被塑造为一位威严、庄重、雍容华贵的女性帝王，盘发衬托了这一形象的主要特征，演员选用方面也主要以刘晓庆、潘虹等50多岁的女性演员为主。

2.头饰的象征意义："王母娘娘"的影视形象中，其头饰丰富多样，但纵观这18部影视剧发现，"王母娘娘"的头饰主要以金色、银色、白色、银灰色为主色，配色五彩斑斓，有红色、黄色、琥珀色、蓝色、绿色、翡翠色、粉色等。以金银色为主的头饰，对应质地也是金饰和银饰，象征着帝王之势，五彩的配色主要来自不同颜色的点缀之物，如宝石、珍珠、水晶等，以此来衬托王母娘娘的女性身份；其次，其头饰的类型主要有钗、坠、链、冠、网等，或插于发内，或吊于发际，或包裹发髻，或戴于发间，都凸显出这一角色的端庄大气之美；最后，"王母娘娘"的头饰形状主要包括花形（花瓣、莲花等）、树叶形（金叶子、镂空的叶子）、孔雀羽毛开屏形、凤凰形（凤爪、飞翔的凤）、如意形、扇形、祥云形、几何形金属片（椭圆形、梯形、圆形、长方形）、心形饰品、水滴形饰品、珠链、拼坠等。其中凤凰形、如意形、祥云形头饰都象征着皇室和帝位，对应到现代古装宫廷剧中，可见皇宫中皇后的头饰才可以用凤凰来点缀，皇妃们也要论资排辈，根据其不同的头饰、衣着便可区分其地位次序等。由于"王母娘娘"无可置疑的神仙地位，她的头饰主打奢华的金饰，镶嵌各色宝石，搭配飞禽、花鸟的点翠，以及镶满银质、珍珠、碧玺的花朵装饰物，凸显高贵、华丽、威严、庄重，与其身份、地位相匹配。①

3. 大众传播时代的审美趋势：在现代古装剧中，"王母娘娘"的每一次出场都使之处于特定的"语境"中，除去头饰的作用，结合场景、布景、演员服饰、妆容等都更加贴合现代观众的审美取向，从中亦可发现，从戏曲扮相到古装剧扮相的变化反映出的人物头饰的简化和贴近生活化的走向，也符合大众传播时代，从抽象到具象，从高雅艺术到大众艺术的演变需求。人物性格、角色关系也依赖于人物装扮的不同，通过窥探"王母娘娘"的头饰，观众便可一目了然，这既满足了观众的审美情趣，在绚烂夺目的头饰中欣赏中国传统工艺美学，又可以通过中国传统文化中的物化象征来了解这一角色的层次地位和职能等。

（二）服饰特征及规律

头饰和妆容是一个整体，因此，影视剧"王母娘娘"的服饰之变化也是值得一讲的。总结各版本影视剧中的"王母娘娘"着装特征，不难发现，她都是以长袍华服或宽袖长袍为主，多以黄色、金茶色、红色、黄绿色、银白色等为主要色调，上用金丝线、银丝线绣成具有皇室象征的图案，如凤凰、祥云、牡丹花朵之类；并在长袍基础上，或内穿抹胸式长裙、V领长裙，或外搭不同质

---

① 赵珊，《头饰在戏曲艺术与现代古装剧中的差异性》，《大众文艺》2016 年 5 月 15 日。

地的披肩或披风，也辅以各种具有身份、地位象征的图案。

在中国服饰文化中，黄色和红色具有非常重要的地位。在封建社会时期，只有皇帝、皇后和太子才有资格着大面积黄色服饰，黄色是一种阶级身份地位的象征；红色作为民俗文化中备受推崇的颜色，象征着喜庆与富贵；每当人们结婚或者为庆祝某些节日时，都会穿上红色的衣服，在家里搭配相应的红色装饰。究其根源，我们发现中国人在服饰颜色中崇尚"黄色""红色"与中国传统文化中的"天人合一"以及"阴阳五行"学说有所相关。首先，我们从服饰的质料来看，最初制成服饰的葛麻丝帛，其本身呈黄色；其次，作为在黄土地中生长的黄种人，对于与自己肤色接近的颜色具有天然的好感；当人类穿上衣服，从感受到温暖到发现衣服可以保护好身体不受伤害，再到后来有意的遮蔽……这种大自然赐予人类的礼物，体现了一种"天人合一"的观念。另外，中国人一直以来深受阴阳五行学说的影响，在其基本宇宙观里，天圆地方中的天地上下又分为东、南、西、北、中五方，分别属木、火、金、水、土五德，其代表为青、赤、白、黑、黄五色，且历朝历代都视这五色为正色。所以，长久以来人们形成了以正色为贵的观念。除了上述所提到的五色，紫色在王母娘娘的配饰中常常出现。作为由青色和赤色混合而成的颜色，紫色在道教故事和古代帝王的装饰中常常出现，也是高贵身份与祥瑞的象征。如道教神仙和帝王所居之地皆称为"紫台"、形容帝王、圣贤或宝物出现的先兆常用"紫气"、道教经书与皇帝诏书也被称为"紫书"，等等。

包含"王母娘娘"这一角色的影视剧，多是以神话传说作为依托，无论其故事背景具有精确的年代，还是完全架空的古装娱乐剧，其审美标准依然是建立在我国的传统文化和思想之上。因此，众多影视剧中"王母娘娘"的服饰特征中不乏对于中华传统文化符码的提取，也在一定程度上融合了本民族的古典意象。但是，我们也观察到，不同时代影视剧中王母娘娘的服饰为了迎合观众的口味，呈娱乐化的趋势，如电视剧 2009 年《牛郎织女》和 2010 年《仙女湖》中王母娘娘的内搭服饰皆为抹胸长裙，其中《仙女湖》中的王母娘娘更是着内搭爆乳装，这种服饰与我国传统文化中对女性服饰的审美要求有很大偏差。虽然这样的服饰对于引起当时观众的注意力起到了一定的促进作用，也从侧面反映了我国自加入世贸组织后人们对于影视剧中女性服饰观念的逐渐开放，但不能掩盖对于"王母娘娘"这一形象自古以来在人们心中端庄典雅、神圣不可侵犯的破坏性。关于神话人物在影视改编中的服饰展示，我们需要根据时代审美对人物服饰进行转化、改良、创造，考虑观众的接受度，但更应该结合我国古老的传统文化背景，呈现出有历史依据且符合大众审美的精品化服饰。

（三）妆容特征及规律

在当代古装影视剧中，"王母娘娘"这一角色的妆容整体上与舞台妆无异，这是为了使角色更贴近生活，呈现"人"的特征，用祛魅化的手法让观众易于接受。但比较各版本影视剧中的"王母娘娘"，发现其妆容也呈现一些特点。

1.额前的图案多样：在整个面部妆容并无猎奇的呈现下，各影视剧能够大显身手的部位就属"王母娘娘"的额头。额头部位连接了从头饰到妆容的过渡，多以图案示人，如眉心画红点，额前画花，或贴有纹饰（祥云、花朵等）。也有以头饰的延展部分替代图案，如额前吊坠（宝石、水晶、金饰、珍珠等）。妆容较有特点的影视剧如：2007版电视剧《天仙配》中，韩再芬饰演的王母娘娘额头中间为两个金色的小树杈相互交叉，妆容端庄大方，被网友称为"最美王母娘娘"；2005版电视剧《宝莲灯》里演员刘晓庆的妆容，额前画有花，有时是金色圆片，鬓角是戏曲式的，脸上有时贴有装饰纹；2009版《宝莲灯前传》中刘晓庆饰演的王母娘娘额头中间是一朵盛开的暗红色花朵，花蕊是一颗水滴形白色宝石；眼尾贴有三颗白色小型宝石等。这些额前装饰无不体现"王母娘娘"女性身份的象征，但其微妙差异也折射出这位女性角色的厉害之处。这也是改编者对中国文化个性化的认识所为。

2. 眼妆与人物性格：除了额前的图案多样之外，另一处惹人眼球的妆容来自眼妆。在众多版本的影视剧中，"王母娘娘"的眼妆夸张，眼线极长，长至发际，配合眼部周围的装饰或纹饰，辅以或凌厉或温柔的眼神，给人不同的感觉。如2009版《宝莲灯前传》中刘晓庆饰演的王母娘娘，由于过于干涉天庭政事，一直挑拨离间玉帝跟其亲人的关系，将古代宫廷中无知又清闲，喜欢管闲事、搬弄是非等多种负面妇女形象展现得淋漓尽致；其眼妆就给人一种既严厉又让人厌恶的感觉；2010版《西游记》中刘佳饰演的王母娘娘妆容以紫色为主，眼尾下贴有三颗白色小型宝石，当得知孙悟空破坏了蟠桃大会时，没有追究其责任，反倒劝玉帝给予原谅，宽容大方，给人感觉很温柔；2010版《财神有道》中唐群饰演的王母娘娘妆容较浓艳，额头中间为一枚橘黄色圆形装饰，眉毛尾部下方贴一小型金色圆形亮片，从人物语言及行为动作来看，给人一种古代大家庭中"婆婆"的感觉，虽然有些泼辣、啰唆，但关爱女儿，帮助女儿，是一位外表稍有些彪悍，但内心柔软的好母亲。这是西王母世俗化的特征表现。

（四）当代影视剧中"王母娘娘"的人物关系

我们再来看一张简单梳理出来的表格：

表2　当代影视剧中"王母娘娘"的人物关系梳理

影视剧名称 上映时间 扮演者	人物关系与王母娘娘形象的符号特征
《天外飞仙》 2006年 邬倩倩	王母是一个十分善解人意的女人，虽然嫁给永远都在忙、对她极为忽略的玉帝，但她总无半句怨言。她甚有生活情趣，把宫里弄得温馨舒服，也不时构思一些小玩意，让七个女儿开开心心地过每一个愉快晚上。可是骨子里王母还是感到有所缺失的，所以当小七成长为少女，她可以清闲点的时候，她开始积极筹办各界妇女等的活动，专门为人间可怜的孩子和老人等行善，把爱心传到人间。当女儿犯了错误时，愿替女儿接受惩罚；当得知苍生有难时，派女儿去帮助生民；最后帮助女儿小七和凡人董远终成眷属，并且送上最诚挚的祝福。
《天仙配》 2007年 韩再芬	虽然神情稍显严肃，但一直宠爱、庇护女儿们，且暗中保护七仙女。与玉帝关系融洽，女儿们开玩笑说父皇惧内，王母为保护人间，说服玉帝修改天条，提议与玉帝体验人间烟火，经过寓教于乐的方式，改变了玉帝一些陈旧的思想。足智多谋且善解人意，当一些正直的大臣遇到困难时，主动帮他们在玉帝面前解围。
《功夫之王》 2008年 刘晓莉	王母与玉帝成双出现，体现出和谐的状态，没有语言表达。
《宝莲灯前传》 2009年 刘晓庆	王母较玉帝强势，每当遇到难题时，想方设法给玉帝出主意，玉帝也惯常地倾向于王母的意见；对朝中大臣及玉帝的妹妹有些冷血无情，恶意挑拨离间。

影视剧名称 上映时间 扮演者	人物关系与王母娘娘形象的符号特征
《牛郎织女》 2009年 宋佳	情感上，王母本性正直严肃，由于嫉妒玉帝与瑶姬的真情，自己的婚姻不美满，而变得极端妒忌以至残忍。她一向疼爱小女儿丝音，当得知丝音是玉帝与瑶姬之私生子时便怀恨在心。与玉帝夫妻关系名存实亡。对自己亲生儿女也非常理性，不容因他们的私事而对天庭造成损害；政治上，王母形象庄重，凡事以大局为重，玉帝无脑，只会重复王母所说，朝政大事基本上都是王母说了算。
《传说》 2010年 池华琼	玉帝之妻，七位仙女之母。在魔帝威胁天界的时候，替失踪的玉帝主持天庭大局。 王母温柔体贴，善解人意，与玉帝相互体谅，夫妻感情和谐；当得知三位仙女要下凡时，提醒玉帝注意其相貌，考虑周全，是一位细心的母亲。与大臣关系：明事理，帮二郎神说话，根据事实，替他们解围，一直在帮助花神。赐予后羿仙丹，助其成仙。
《西游记》 2010年 刘佳	当得知蟠桃大会被孙悟空扰乱后，并未怪罪，还劝导玉帝不再追究任何责任。与玉帝和谐共处，为其分忧解惑。
《仙女湖》 2010年 彭丹	因玉帝与仙女湖的前世情缘黑化，为达目的不择手段，不惜牺牲自己的女儿们，最后与女儿们反目成仇，与玉帝也增添许多隔阂。
《财神有道》 2010年 唐群	王母慈祥、爱护女儿，帮助女儿实现心愿，教育女儿，与女儿关系融洽，是一个好母亲。作为玉帝的得力助手，帮助玉帝解决问题，是贤内助的形象。
《西游记》 2011年 马丽	得知孙悟空扰乱蟠桃大会，怒发冲冠，取消蟠桃大会。严厉，没有大局观，在众臣面前转身而走，让玉帝难堪，由此可见王母在天庭的位置，玉帝也得让几分。
《妈祖》 2013年 娟子	与玉帝和谐共处，参与天庭政事，与大臣们议事且具有话语权；心系百姓，胸怀天下，主持正义；塑造妈祖去保护人间。
《天地姻缘 七仙女》 2011年 万美汐	玉帝闭关，由王母主持天庭政事，天庭井然有序，与众仙和谐共处；因女儿们的情感问题，大伤脑筋，想出各种方法阻止女儿们的恋情。

　　从上表可以看出，从 1988 年《西游记》中由万馥香饰演的王母娘娘至今，随着时代审美的变化，已有三十多个版本的影视剧塑造了各式各样的王母娘娘形象。通过表 2 分析，我们可以将王母娘娘与不同人物的关系进行总结，从而概括出影视剧中常见的三种王母娘娘形象：

　　第一种，作为玉皇大帝的配偶，典型的相夫教子的女德形象。大多数影视剧中的王母娘娘温柔体贴，心地善良且胸怀天下。其主要职能为辅助玉帝管理天庭众女仙，抚养教育子女。当玉帝遇到难题时，主动帮他分忧解难；当玉帝与子女发生争执，充当融合剂去协调他们的关系；有时也会用寓教于乐的方法，润物细无声地改变玉帝的想法。这是汉以来对女性道德的要求。

　　第二种，作为母亲、慈母的形象。她是慈祥的，给予儿女们宠爱但又不会过度溺爱，当他们的行为与天庭规范出现偏差时，帮助他们纠正行为；当他们犯了错误时，替他们求情，主动替他们承担错误，力所能及地去保护孩子们。这既是西王母的母德形象，又是汉以来尤其是宋明理学以来严父慈母的教化表现。如《哪吒闹海》《红楼梦》中的父亲都是严父，而母亲基本上多是慈母。

　　以上两种形象为王母娘娘作为妻子和母亲时，所展现的正面形象。除此之外，个别影视剧中也会表现其负面形象，如电视剧《牛郎织女》和《仙女湖》的王母娘娘因为玉帝身边出现的其他女性对她与玉帝的情感造成了破坏而后黑化，以至于不得不采取一些措施遏制，导致行为变形，夫妻关系不和。因为嫉妒，为达目的而不惜牺牲子女及其他人的利益。

第三种，作为权力者。2011年电视剧《天地姻缘七仙女》中的王母娘娘在开头时便强调，因为玉帝闭关，暂时由她主持天庭政事。在王母娘娘的管理下，天庭井然有序，王母也能与众仙和谐共处。这都体现了王母娘娘出色的领导能力、管理能力与沟通能力。而《宝莲灯》系列电视剧中由刘晓庆扮演的王母娘娘，则因为对权力过度的追求而出现僭越本分的行为。其人物形象不可避免地出现了一些负面特征，比如工于心计、心狠手辣等。这都是世俗世界人性的反映。

随着时代的进步，女性意识逐渐觉醒。女性形象在现如今的影视剧中成为必不可少的使用符号。戴锦华在《犹在镜中》中提到，"在大众文化、消费文化中，存在的不仅是利用女性形象、重新规范理想女性的问题，而且也是重新构造社会秩序的过程"。[①] 王母娘娘在影视剧中的形象从最初作为玉帝的配偶只是起到辅助作用到逐渐参与天庭政事具有话语权再到玉帝的隐退，王母执掌整个天庭。这一形象演变的过程也投射了当代女性内心深处的渴望，女性不再只是"被看的"、作为男性的"附属品"，她们同男性一样享有对权力的追求与满足。通过归纳影视剧中的王母娘娘形象，我们发现绝大多数影视剧还是遵循传统文化中人们对女性形象的描述，对于王母娘娘"政治形象"的表现予以负面化，随着女性主义影视剧成为大众消费文化中被关注的重点，王母娘

---

① 戴锦华：《犹在镜中》，知识出版社1999年版，第18页。

娘的形象也具有了当代女性不输男性的能力特征。

（五）当代影视剧中"王母娘娘"形象的误区

每一个人物形象在传播过程中都有价值导向，对大众都有影响作用，这正是传统文学中"文以载道"的精神转化为影视剧中"影以载道"的表现。百年来，不同历史时期对女性形象、对道德伦理以及社会制度都有不同的理解，于是便反映在影视中人物形象和具体的行动中，西王母的影视形象演变也一样。除了上面所讲的正面价值的表现之外，还有一些影视剧存在对"王母娘娘"的过分娱乐化、消费化的表现。

1. 形象设计过度、年代定位模糊、风格趋于流俗化

首先，出于商业和市场的追求，一味迎合大众审美，很多古装剧中的"王母娘娘"形象浮夸，头饰、服饰无不呈现粗制滥造、廉价低级的特点，如使用羽毛材质的头饰、过度设计的蚌壳领披风或夸张浮夸的眼线等，都让这一形象毫无内涵可言。

其次，其服饰特征模糊，拼凑感强。虽然"王母娘娘"这一角色来源于神话传说，经历了从《山海经》中半人半兽的"西王母"到世俗化女神的"王母娘娘"的转变，也在历朝历代得以世俗化，但很多影视剧并无历史考究和进一步论证，而是随意敷衍，将"王母娘娘"形象设计得不伦不类，如演员过于年轻、服饰胡乱拼凑、妆容低俗廉价等。

再次，当代影视剧中"王母娘娘"的形象趋于流俗化，失去了她作为神话传说的本真性、神秘性和崇高性。

从西王母到王母娘娘，是中国文化从蛮荒走向文明的过程，

其中的所有装饰、服饰都有礼制的设计，不能随意打扮。这些年来，一些网络作家和剧作家对中国传统文化失去敬畏，也不去做深入的研究，对古人进行随意解构和打扮，是普遍存在的问题。

2. 人物形象片面单一，无法打动观众

在众多影视剧版本中，大家喜欢的"王母娘娘"通情达理、乐于助人、体恤百姓，这是中华传统美德的集中表现。如1998年《天仙配》中与玉帝一起解除人间灾害，惩处坏人的"王母娘娘"，2002年的《齐天大圣孙悟空》中，为悟空打气，甚至偏袒悟空的"王母娘娘"等。也有大家不喜欢的"王母娘娘"，她代表了封建礼法的一面，特征是面目狰狞、挑拨是非、心机重重，这是百年来新文化运动对走过头的腐朽的传统礼教的一种反抗，也是有正面价值的。如2009版的《牛郎织女》中，宋佳饰演的王母因玉帝与瑶姬的私情而嫉妒，后来得知她才是丝音的亲生母亲后，百般刁难丝音，用头簪划下天河，隔断牛郎织女两夫妻相见。

但是，新世纪以来的众多影视剧中，因为对女性形象的片面理解，和对中国传统文化的浅陋短见，对王母娘娘形象的塑造就走向了片面。如2010版《仙女湖之墨仙》中，彭丹饰演的王母娘娘，珠圆玉润，仪态万千，神情严肃，令仙女们噤若寒蝉。心机深重，善于背后操控，得知仙女湖与玉帝前世的情缘后，嫉妒生恨，意图填平仙女湖，甚至不惜以牺牲七仙女的生命为赌注，发动天兵天将，防止仙女湖与玉帝见面。为达目的，心狠手辣颠倒是非，后来因对女儿们说谎，致使母女关系崩裂。这是宫廷剧一类的创作心理，是对人类道德和人性的虚无理解所导致的。

　　另一个特征是，在各版本影视剧中，王母多以配角的身份出现，这大概也是其性格片面、不能充分刻画的原因之一，无法打动观众。

三、结语

　　总之，从以《山海经》为源头的"西王母"形象开始，及先秦到两汉、魏晋的塑造，再从唐宋到元明清道家的重塑，西王母演变为中国传统文化中的天母形象，这就是王母娘娘。但从五四以来的新文化运动，到西方文化的影响，王母娘娘又一次从神坛走向人间，最后从文学形象演变为影视形象，而影视形象也几经变迁，其能指和所指都发生了深刻变化。斯人远去，新的形象又在不断裂变中，然而在复兴中华文明、振兴中国文化自信的今天，西王母形象又将归来。她如何归来？归来的形象如何？代表的是哪些文化符号？其中的内涵恐怕是要经历一番深入研究，甚至坚实的考古才能得到，而非今日一些作家和导演"信手拈来"、胡乱拼贴而就。西王母是中国文化的创造者之一，她的很多文化符号至今并没有研究清楚，学术界也是众说不一，关于她存在的地理位置、她代表的文化内涵以及她所属的西王母国的存在历史等，都需要考古界和学术界进一步研究，但她在不同历史时期的符号使命是相同的，即建设一个"命运共同体"。在《山海经》时期是华夏命运共同体，汉以来是汉文化命运共同体，现在则是中华文化命运共同体，甚至她可以在构建人类命运共同体中发挥重要而积极的作用。这是构建她形象的精神向度。这是今天文学创作与影视创作应当遵循的一个原则。

（本文系 2018 年度国家社会科学基金重大招标项目"百年中国影视的文学改编文献整理与研究"［项目批准号 18ZDA261］阶段成果之一）

民间传说"白蛇传"百年电影改编述要

一、引言

在中国百年电影发展历程中，文学改编始终成为最主要的一种电影创作方式。简单来说，两者都是讲故事的艺术，只不过数千年来文学创造的无数故事已经成为人类的心灵历史，按照心理学家荣格的理论，这些文学不仅有它之前就已经流传着的神话或史诗的原型，而且不断地创造和丰富着人类的原型故事。所谓一时代有一时代之文学，其实大多是关于这一时代对上一时代的反拨或呼应，于是就有了新的讲述、新的情绪和新的意义。但从总体来讲，仍然不外乎在讲述关于人类的多种伦理关系。正如文学对神话、史诗的承继一样，电影对文学、神话和史诗仍然会保持一种承续的关系，直到前一种艺术有可能发展成为主流艺术，它便成为一种前艺术依然存在，故而，我们可以预测，口语传播时代以神话和史诗为主流艺术，文字语言传播时代以文学为主流艺术，而数字视听传播时代便以电影和电视剧为主流艺术。它们总体上仍然可归为大文学的范围，当然，如此称呼似乎有些"偏护"着文学，所以，一些文艺批评者发明了另一个概念来进行概括，即文本。

在当今泛文本时代，文本可以指涉一切艺术作品，正如美国文艺批评家阿瑟·博尔格指出的那样："（文本）指的是在不同媒介中产生的特殊作品，如小说、戏剧、电影、电视剧、广告、动画片等。"①在视觉文化占主导的今天，影视剧文本已经变得炙手可热。从叙事学层面，文学文本讲故事的手法主要是描写和叙述，影视文本则综合运用摄影、对话、独白、配乐、蒙太奇和长镜头等多种手法。

但是，不管文学文本和影视文本有多大的不同，二者之间仍然保持着强烈的互文关系。百年来，文学和电影之间的关系探讨可谓此起彼伏，潮涨潮落，无论是"忠实于文学"的论调，还是"忠实于电影"②的反抗，它们之间的关系始终犹如阴阳之道，此消彼长，但不能完全分开，其中的原因就在于它们都有一个共同的目标，而且内容是一致的，只是传播的语言媒介不同而已。

民间文学作为一种以口语传播为媒介的文学，每一个时代都最大限度地融合了人们的"误读"③，进而构成自身历久弥新的生

---

① Arthur Asa Berger, *Cultural Criticism*, CA: SAGE Publication, 1995.

② 夏衍:《夏衍电影论文集》，中国电影出版社 1979 年版，第 222 页。

③ 美国文艺批评家哈罗德·布鲁姆认为"一部经典的历史就是诗人（作者）中的强者为了廓清自己的想象空间而相互'误读'对方的诗（作品）的历史"。

命力，这让每个时代的改编成为可能。随着 20 世纪初电影这一第
七艺术方式的出现，它又成为电影改编取之不尽、用之不竭的宝
库。它的原型故事始终成为不同时代 IP 的基础，艺术家将自己时
代的思想观念、形象想象和时代特征融入进去，于是便成了这个
时代的再生艺术，表达了这一时代人们对世界和人生的各种观念。
如欧洲古希腊罗马神话传说、阿拉伯民间文学集锦（《一千零一
夜》）等都成为西方世界和阿拉伯世界影视改编的宝库。中国古代
民间四大传说"牛郎织女""孟姜女哭长城""白蛇传""梁山伯与
祝英台"的电影改编，更是建立在丰富、多元的文学改写和创作
基础上，由此诞生了一批优秀的电影改编作品，为推动民间文学、
传统文化甚至民族精神的现代性和现代传播，作出了显著贡献。

从 1926 年第一部由"白蛇传"神话故事改编的电影《义妖白
蛇传》上映以来，在将近一百年的时间里，有 30 部由民间文学改
编的电影作品得以上映。其中，"白蛇传"的电影改编次数最多：
13 次；"牛郎织女"2 次；"梁山伯与祝英台"6 次；"孟姜女"2
次（以上都不包含动画电影和戏曲电影）。研究这些文本之间的改
编规律将有利于廓清文学文本和影视文本之间的继承关系。本文
将以"白蛇传"作为研究的主要对象。

二、"白蛇传"故事的电影改编历程和特征

最早流传于民间的白蛇故事内容早已无从考证。根据神话学
大师袁珂在《中国神话史》中的阐述："我们今天所能见到最早的

'白蛇传'神话故事，就是收在明末冯梦龙所编《警世通言》第二十八卷的《白娘子永镇雷峰塔》。"① 按照网络上对于"白蛇传"故事追根溯源的研究成果可知：清代初年黄图珌的《雷峰塔》(看山阁本)，是最早整理的文字创作流传的戏曲，他只写到白蛇被镇压在雷峰塔下，并没有产子祭塔。后来又出现的梨园旧抄本（可能是陈嘉言父女所作，现存本曲谱已不全)，是广为流传的本子，有白蛇生子的情节。嘉靖十一年，玉山主人又出版了中篇小说《雷峰塔奇传》②。嘉靖十四年，又出现了弹词《义妖传》，至此，蛇精的故事已经完全由单纯迷惑人的妖怪变成了有情有义的女性，成为儒释道合一的具有教化色彩的精品。清朝乾隆年间，方成培③ 改编了三十四出的《雷峰塔传奇》(水竹居本)，共分四卷，第一卷从《初山》《收青》到《舟遇》《订盟》，第二卷是《端阳》《求草》，第三卷有《谒禅》《水门》，第四卷从《断桥》到《祭塔》收尾。《白蛇传》故事的主线纲架自此大体完成。而这出戏的本子，在乾隆南巡时被献上，因此有乾隆皇帝御览的招牌，使得社会各个阶层的人，没有人不知道"白蛇传"的故事了。这是关于白蛇故事的文本演变史。

电影在中国诞生以来，以 1926 年上海天一电影公司的"白蛇传"电影改编为首，开启了这一题材在中国电影史上绵绵不断的

---

① 　袁珂：《中国神话史》，北京联合出版公司 2015 年版，第 308 页。
② 《雷峰塔奇传》全五卷十三回，题字"清·玉花堂主人校订"。是由托名为玉山主人或玉花堂主人的清代文人校订而成的章回中篇小说。
③ 　清代戏曲作家。约生于雍正年间。卒年不详。字仰松，号岫云词逸。安徽徽州歙县南乡的苏坡村人。幼年多病，未能应科举，布衣终生。

改编和收视热潮。各个版本的电影改编虽然方式各异、优劣不均，主题各有侧重，人物造型千差万别，但它们"背后拖着各种文化"①都对后世之作产生互文性影响，并结合结构主义的思路，它们连接了古与今、传统与现代、演与观、艺术与生活，让《白蛇传》文本和超文本的意义溢出屏幕，延伸至日常生活、戏里戏外，壮大了其自身生命力和影响力，加深每一个中华儿女的民族精神和原型记忆。

（一）"白蛇传"故事百年电影改编统计（动画电影和戏曲电影除外）

年份	片名	出品／制作公司	导演／演员	备　注
1926	《义妖白蛇传》	上海天一电影公司	由中国第一位电影皇后胡蝶扮演白娘子，吴素馨扮演小青。	分上、下两集。为中国第一部以影视形式出现的《白蛇传》题材故事，这是可查的最早的白蛇传影视版本。
1927	《仕林祭塔》	上海天一电影公司		对《义妖白蛇传》的续集
1939	《白蛇传》	上海华新电影公司	杨小仲导演，陈燕燕扮演白娘子，童月娟扮演小青。	又名《荒塔沉冤》
1949	《夜祭雷峰塔》	中国香港地区	陈平执导，张活游、林妹妹、曾蓝施等主演。	剧情片

---

① 伊塔洛·卡尔维诺在其著作《为什么要读经典》中提到"经典是带着以前解释的特殊气氛走向我们，背后拖着它们经过文化或多种文化（或只是多种语言和风俗习惯）时留下的足迹"，民间文学中的经典文本，如"白蛇传"故事已是经过历代文化和不同社会浸润的智慧结晶，它背后必然"拖着不同文化"的烙印。

年份	片名	出品／制作公司	导演／演员	备　注
1952	《白蛇传》	中国香港富华电影公司	王天林、洪叔云执导的剧情片，于素秋、白云、洪波参与演出。	黑白电影
1955	《白蛇传》	中国香港泰山影片公司	周诗禄执导，罗艳卿主演。	
1956	《白蛇传（白夫人的妖恋）》	邵氏公司和东宝映画共同制作	丰田四郎导演，李香兰主演。	本片根据中国民间传说《白蛇传》以及林房雄的《白夫人の妖术》改编。主题思想是最接近冯梦龙《白娘子永镇雷峰塔》的，尽管二者在表面上的具体情节似乎存在很大的差异性。
1959	《白娘娘借尸还魂》	中国香港	由王风执导，刘家良等领衔主演。	黑白奇幻古装电影
1962	《白蛇传》	中国香港邵氏影业公司	由岳枫执导，林黛、赵雷、杜娟、杨志卿、李允中、尤光照等领衔主演。	该片票房收入逾79万，打破当年最高票房纪录。京剧唱词为主，穿插普通话对白。
1975	《白蛇大闹天宫》	中国台湾地区	孙阳执导，嘉凌、江彬等主演。	
1978	《真白蛇传》	香港第一影业公司	由陈志华执导，秦祥林、林青霞、秦之敏、李昆、苗天、孙越等人主演。	
1993	《青蛇》	香港思远影业公司、上海电影制片厂	由徐克执导，张曼玉、王祖贤、赵文卓、吴兴国主演。	该片改编自李碧华的小说《青蛇》，讲述了出身青城山下紫竹林的青蛇与白蛇，共同修炼五百年，二蛇徜徉人间为情所惑的故事。

续表

年份	片名	出品／制作公司	导演／演员	备　　注
2011	《白蛇传说》	中国巨力影视传媒	由程小东执导，李连杰、黄圣依、林峯、蔡卓妍主演。	该片以2.29亿票房成为2011年内地国庆档票房冠军，海外上映首周以1689万美元票房问鼎全球票房榜周冠军，摘下了华语电影在全球票房市场的首个桂冠。并作为唯一一部华语影片展映第68届威尼斯电影节。获得西班牙西切斯电影节最佳贡献奖。

（以上表格内容部分来源于互联网）

按年代划分统计如下：

年代（20世纪）	电影改编数量	备　　注
20年代	2部	《义妖白蛇传》《仕林祭塔》
30年代	1部	《荒塔沉冤》
40年代	1部	《夜祭雷峰塔》
50年代	4部	改编数量最多的年代。王天林《白蛇传》、周诗禄《白蛇传》、《白蛇传（白夫人的妖恋）》、《白娘娘借尸还魂》
60年代	1部	岳枫《白蛇传》
70年代	2部	《白蛇大闹天宫》《真白蛇传》
80年代	1部（京剧电影）	（1980年有一部由傅超武导演的京剧电影《白蛇传》）
90年代	1部	《青蛇》
21世纪初（2011年）	1部	《白蛇传说》

（二）"白蛇传"故事电影改编的文本特征

第一阶段：在探索中前进（20 世纪 20—50 年代）。中国电影最初的发展基本上都是与戏剧联姻，那些口传的民间故事被搬上舞台后就成为戏剧文本，其传播力便大大提升，影响也极广。电影产生后，这些戏剧文本便很容易被改编为电影文本。1926 年的第一次影视改编在以白蛇传为题材的影视改编史上具有里程碑式的意义，它标志着"白蛇传"这一故事在由口传艺术形态到文本文学再到电影艺术的传播方式的飞跃。这一阶段的改编作品，质量参差不齐，较为成功的有 1939 版（《荒塔沉冤》）和 1955 版（周诗禄《白蛇传》），观众不太认可的改编作品如 1949 版（《夜祭雷峰塔》）和 1959 版（《白娘娘借尸还魂》）。相较而言，前两部能够尊重故事传统和叙述主线，人物塑造典型合理，加以简单特技的运用，使得当时观众认可度较高；反之，后两部故弄玄虚、离奇怪诞的改编模式，抑或肆意歪曲经典的改编策略，以及套用恐怖片吸引眼球的方法，并没有获得观众认可，忽视了观众的接受度。这个特征也启示我们，电影改编仍然要做到文质彬彬，不能太重视技术而使原有故事进入凌空蹈虚的境地，同时，也不能只重视故事的教化色彩而忽视了艺术性。

这一阶段也开启了合拍片的创作模式。1956 年由香港邵氏影业和日本东宝映画联合出品的《白蛇传（白夫人の妖恋）》也获得了不错的口碑，曾掀起了一阵热风。

第二阶段：大胆创新，稳中求变（20 世纪 60—70 年代）。60 年代由岳枫导演、林黛主演的《白蛇传》以当年最高票房纪录获得大众喜爱，这部融合了戏曲唱词和普通话对白，迎合了广大戏迷的喜爱。这是戏剧传统仍然在时代有巨大影响力的表现。戏曲与电影的结合，便是强强联合，容易产生强大的影响力。70年代的两部改编，积极寻求新意，在情节和镜头语言的表现上不同以往，令观众耳目一新。这是艺术陌生化的奇效，同时也是电影语言修辞的进步。如何能将人们熟悉的经典传说拍出新意，是这一阶段电影人重点思考的问题。这一时期还有一个特点，就是将武侠与奇幻相结合，使剧情为人物形象服务，塑造出了一个更加饱满立体的白蛇形象。

第三阶段：转换视角，解构经典（20世纪90年代）。经过20世纪80年代艺术思潮的风起云涌，中国电影不仅要经历各种社会思潮和艺术思潮的洗礼，同时也要经历电影艺术思潮本身的各种淘涤，所以在文学的电影改编方面也发生了很大变化。20世纪80年代，张艺谋等电影导演提出，电影要从"忠实于文学"变为"忠实于电影"，文学文本可根据电影的需要随意改编。有时，文学文本只是提供一个形象，电影便以此展开自己的独特叙事，这其实是一种再创造，比如王家卫的《东邪西毒》；有时，文学文本只是提供一个故事，但电影可以解构此故事和人物形象，根据时代思潮的影响创造出另外的故事与人物形象，这便是解构主义思潮和后现代思潮，周星驰便是代表性导演。还有女性主义思潮的高涨，使一些导演为历史人物翻案，如对潘金莲、武则天等女性人物的新历史书写。1993年由徐克执导的《青蛇》上映之后，引起了舆论和观影双重热潮。由片名可见，叙述主体变为青蛇，一直以来，青蛇都只是白蛇故事中的配角和附件，这是第一次成为主角。这与 20 世纪 80 年代以来中国的社会文化思潮、艺术思潮和先锋文学的发展不无关系。文学的虚构性在先锋小说那里得到极大的张扬，反过来也影响了电影的发展。电影改编自李碧华的小说《青蛇》，该小说不仅有强烈的女性主义观念，而且有先锋小说的虚构性，这才使一个配角演变为主角，而李碧华小说本身的文学性又为电影的创作提供了强有力的文本支撑。

第四阶段：新世纪的人道主义审视（21 世纪以来）。2011 年程小东导演的《白蛇传说》重新审视了爱情主题，并赋予其现代阐释，凸显人性光辉，让观众在情感诉求上寻找到一种文化认同和身份认同，将观众引向情欲、法理的角逐和人与妖界限的反思，在多元化叙事和现代特技方面都有所突破。这也是新世纪（21 世纪）以来社会思潮、艺术思潮和世界电影思潮共生的结果。

三、改编之同：各文本"故事"和"情节"的同一性

同为叙事艺术，"白蛇传"故事电影改编后的文本之间及它们与文学文本在"故事"和"情节"方面有着必然的共同之处。对于"故事"和"情节"的概念，福斯特有个简单的说法，他说"故事"是事件按时间顺序的叙述，"情节"强调对因果关系的交代和叙述，而"故事"是以"情节"为基础。此论甚高，基本上把两个概念之间的关系理清楚了。按照这个说法，对照由"白蛇传"民间传说改编的电影文本与文学文本，二者在"故事"框架

和主要情节上基本一致，但在个别情节上的差异也显而易见。

纵观百年"白蛇传"故事的文本改编，其故事主脉络经历了以下变迁：

袁珂在《中国神话史》"白蛇传"一篇中"姑将《警世通言·白娘子永镇雷峰塔》的大概情节叙述如下：

> 宋绍兴年间，杭州有李将仕生药店主管许宣者，于西湖遇美妇白娘子及使女青青，同舟避雨。后因索还借伞至白家，白方寡居，自媒于许。白许婚后，白屡现怪异，许不能堪。遇镇江金山寺寺僧法海，予一钵盂，令持其罩其妻，白、青悉被罩钵中，乃千年成道白蛇、青鱼也。法海遂携钵盂，至雷锋寺前，令人搬砖运石，砌成十七级宝塔，名雷峰塔，留偈云："西湖水干，江湖不起；雷峰塔倒，白蛇出世。"（第309页）

后世根据此传说又添加了一些情节，使得故事更加平民化，符合大众的口味，得以流传至今，内容大致如下：①在宋朝时的镇江市，白素贞是千年修炼的蛇妖，为了报答书生许仙前世的救命之恩，化为人形欲报恩，后遇到青蛇精小青，两人结伴。②白素贞施展法力，巧施妙计与许仙相识，并嫁与他。③婚后金山寺和尚法海对许仙讲白素贞乃蛇妖，许仙将信将疑。④后来许仙按法海的办法在端午节让白素贞喝下带有雄黄的酒，白素贞不得不现出原形，却将许仙吓死。⑤白素贞上天庭盗取仙草灵芝将许仙救活。⑥法海将许仙骗至金山寺并软禁，白素贞同小青一起与法海斗法，水漫金山寺，却因此伤害了其他生灵。⑦白素贞因为触犯天条，在生下孩子后被法海收入钵内，镇压于雷峰塔下。⑧后白素贞的儿子长大得中状元，到塔前祭母，将母亲救出，全家团聚。①

　　此段中编号①—⑧的故事内容基本成为后世电影改编文本的叙事蓝本，相当于"白蛇传"故事的骨架，几无变数。与冯梦龙《警世通言》中的内容相比，①④⑤⑥⑦⑧有了显著不同，朝着更加平民化、生活化和人性化的方向发展：首先，青鱼变为青蛇，使得"平民化"的故事中以白蛇为主角的故事有了同类结拜"姐妹"，增加叙事的关联度和延展性；其次，逼白蛇现形的"策略"更加曲折离奇，即让其在端午节饮下雄黄酒，这也说明"白蛇传"故事被融入了更多民间日常的细节；再次，许宣变为许仙，并增加被吓死的情节，白蛇救夫，凸显其善良本质；最后，"水漫金山"为白蛇和青蛇的性格复杂性进行了补充；"白蛇产子"和"仕林祭塔"都增加了其"人"的生命特征和感情伦理。除了这些为后世流传甚广的故事骨架，在不同时代的不同叙述中，叙事者也会加入自己的理解，也就有了不一样的《白蛇传》。

（一）十三部"白蛇传"故事电影改编作品情节对照

　　第一部根据白蛇传民间传说改编的电影《义妖白蛇传》和第二部《仕林祭塔》（第一部的续集），其"故事"基本按照苏州弹

---

① 　此段内容参照互联网百度百科关于"白蛇传"故事内容简介。

词《义妖传》来演绎，与之前文本相比，弹词已经对原有故事进行了改编。《白蛇传》的故事，在弹词中的流传，有几点变化：①体现"佛法无边"的法海和尚，虽然最后取得胜利，但逐渐成为可憎的形象，使得宿世冤孽、因果报应等迷信观念变得淡薄无力，这也是礼教后来禁锢中国人人性的一个侧面反映；②白娘娘的妖气逐渐减少，人情味浓厚，已成为一个敢于冲破封建礼教的妇女形象，而不是闺阁千金的写照，具有更多的市民性格。由于许仙的幸福家庭生活遭到破坏，所以逐渐得到人们的同情。片中诸多角色姓名和故事主线，比如"小青与白娘子争风吃醋勾搭许仙"，"离家出走迷惑顾公子"，"陈伯仁'贪色求欢'骚扰白娘子"等，都跟民国时期由梦花馆主根据《义妖传》改编的话本小说《寓言讽世说部前后白蛇传》相吻合，为后世的影视改编奠定了蓝本。

第三部《荒塔沉冤》是第一部"白蛇传"的有声电影，而且是迄今为止唯一一部以纯现实主义的手法来演绎"白蛇传"的影视作品。剧中并无白蛇青蛇这类修炼成精的蛇妖，取而代之的是一场误会，十七岁许梦蛟如何得知其母身份的真相，原来是总兵之女，蒙冤受屈被囚塔中。这部电影显然是唯物主义观念的产物，不再相信有什么妖魔鬼怪，代之而起的是对封建礼教的批判。

第四部《夜祭雷峰塔》，情节如下：①仙姑的弟子素贞是白蛇修成，婢女小青，是青蛇化身。②素贞在西湖与许仙相遇，结成夫妇。③某端午节，素贞被迫服下雄黄酒而露出白蛇原形，吓得许仙魂魄不全。④素贞冒险往昆仑山盗取仙草，救活了许仙。⑤后金山寺住持法海道破了素贞来历，许仙大惊，甘愿出家，素贞欲救夫婿，请得黑风大王相助，施法术水淹金山寺。⑥后来素贞及许仙再于西湖断桥相遇，素贞怀孕待产。⑦可惜待儿子出世后，法海突至，以金钵盂收服素贞，把她困于雷峰塔下。这一版本中，除了第⑤条稍加变异，其余均与故事骨架一致。

第五部王天林执导的《白蛇传》，情节如下：①清明时节，白、青二蛇化身民女白素贞、青儿，往西湖游玩，得许仙相送一程。②素贞前世为许仙所救，故以借伞为名，施法与许仙成亲，以报相救之恩。③其后，夫妇于镇江开设"葆和堂"药局。④金山寺法海和尚遇许仙，见其妖气缠身，嘱咐他在端午之日给素贞喝下雄黄酒。⑤白蛇喝后果然现形，把许仙吓得昏过去。⑥素贞救夫心切，往盗仙草，谁料救活许仙后，法海又把许仙骗往金山寺。⑦素贞奔往索夫，施法水淹金山寺，夫妇终在西湖断桥重聚，和好如初。⑧法海穷追不舍，施法把白蛇降服，镇于雷峰塔下。①这一版本中，第③条"情节"属于基本骨架之外的补充情节，并成为后来很多影视剧改编补充情节的源头。

第六部周诗禄的《白蛇传》，基本沿用王天林《白蛇传》的剧情，无大变化：影片讲述了许仙与白蛇化为人形的白淑珍（名字有所变异）的爱情故事。

第七部中日合拍《白蛇传（白夫人の妖恋）》，情节如下：①许仙是住在西湖边的一个贫穷年轻人。一次下雨天未带伞而被淋湿，白娘把自己的伞借给他，后向他求婚。②许仙收到二包银

---

① 王扶林执导《白蛇传》故事梗概参照电影网对《白蛇传》的简介。

作为婚礼的预备金，当打开一看，里面的银竟是赃物。③许仙被问罪后受鞭笞，并送往苏州坐牢，幸好姐夫花钱使许仙免去牢狱之灾。④许仙在苏州一旅社当差，白娘追到苏州向许仙表述衷情，求得许仙原谅。后来两人幸福地生活在一起。⑤一天，一茅山道士警告许仙说他已被妖魔迷住，妻子正是白蛇精。⑥白娘惩治了茅山道士，后因为在端午节喝雄黄酒而显露原形，吓死许仙。⑦白娘求得仙草，许仙却因茅山道士挑拨不信任白娘，逃到法海处避难。⑧白娘与小青施法水漫金山，白娘累倒。⑨许仙在最后幡然悔悟，自杀而亡，与白娘相会于天界。① 这部电影改编融入了诸多日本文化和民族精神，诸多"情节"也属于补充完善的添加部分。

第八部《白娘娘借尸还魂》其情节也已脱离"白蛇故事"原型，讲述的是百花蛇妖与李靖一家的恩怨斗法，已经属于只取故事和形象大意而另辟蹊径，故亦不在本文讨论范围内。

第九部岳枫的《白蛇传》，其情节如下：①白蛇、青蛇思凡，化为女子白素贞及青青后巧遇书生许仙。②许仙前生有恩于白素贞，后者欲以身相许，青青遂施计撮合二人。③不久，白素贞有孕，金山寺和尚法海却来告知许仙白素贞为蛇妖，许仙不信。④端阳当天，许仙劝白素贞随俗饮下雄黄酒，白素贞现形把许仙吓死。⑤白素贞拼命盗得仙草救活许仙，并向许仙道明真相，许仙决定与白素贞厮守终身。⑥岂料，法海把许仙掳走。⑦白素贞为救许

---

① 《白蛇传（白夫人の妖恋）》故事梗概参照百度百科。

仙，施法水淹金山，却临盆在即，被逼败走，并让青青带儿子往夫家。⑧白素贞终被法海收服，许仙亦为救白素贞身死，两人的灵魂重聚于有情天。① 这一版本基本与骨架故事一致。

第十部《白蛇大闹天宫》，名字虽有"大闹天宫"，以博取观众眼球，但剧情与《白蛇传》故事基本一致。这部配乐融合了戏曲唱词的特征，但对白皆是普通话。

第十一部《真白蛇传》，其情节如下：①故事发生地点在杭州（宋时称临安）。许仙父母早丧，和姊夫陈彪在临安清水门外正德堂药店为伴。②一日清晨，许仙往清德门外上坟，路过西湖遇雨，有衣白、青二美女共根搭渡，白衣女自言白素贞，青衣女名小青，为白女侍婢，欲回钱塘关，请许仙持伞护送，一路上由小青穿针引线。③两人婚后非常恩爱，白氏出资让许仙经营于镇江小街上，生意兴盛。④有一茅山道士，路过保安堂，发现白氏及小青儿，乃是峨嵋山白莲圣母门下青白二蛇精所化，随即给许仙三道符咒逼白蛇现形。⑤但未成事，后端午饮雄黄酒，白蛇青蛇现形，吓死许仙，白蛇冒险求取灵芝仙草将其救活，茅山道士再次将许仙骗至法海的金山寺因禁。⑥以此为诱饵将白蛇青蛇引至金山寺，在白蛇师兄黑鱼精的帮助下，水漫金山救出许仙。⑦后白蛇产子，被法海镇于雷峰塔下。② 这部改编在情节方面也进一步丰富了白许二人的日常相处，并增加了茅山道士的角色，且为白蛇安排了师傅"峨眉山白莲圣母"及师兄"黑鱼精"，完善了白

---

① 岳枫执导《白蛇传》的故事梗概参照百度百科。

② 《真白蛇传》故事梗概参照百度百科。

蛇精"妖道"系统。在《夜祭雷峰塔》中，也有帮助白蛇战胜法海的"黑风大王"这样的角色，这部中的黑鱼精并不是首次出现，这为后来的影视改编中角色的增补和丰富奠定了良好开端。

第十二部《青蛇》，其情节如下：①南宋期间，法海到处镇伏妖精。收服蜘蛛精。②紫竹林内村妇野外产子，二蛇为产妇挡雨，法海念其善意绕过二蛇。却因见了产妇肌肤，动了色念。③二蛇游人间，盘蜷在梁上窥看红尘。西湖畔，二蛇遇许仙。白蛇作法下雨，许仙赠伞，一见钟情。④凡间涝雨成灾，二蛇合力治水，恰遇法海一同治水。⑤白蛇施展浑身解数，与许仙成其好事。青蛇勾引许仙。⑥端午节，法海教许仙以雄黄酒逼白蛇现出原形。许仙倒了雄黄酒，却被池中青蛇所喝，现出原形，吓死许仙。⑦为救许仙，二蛇上昆仑山盗灵芝仙草。法海力阻。青蛇色诱法海，得以逃脱。⑧白蛇靠灵芝仙草救回许仙。小青色诱许仙，被白蛇撞见，二蛇厮打。⑨法海挟持许仙，逼许仙出家。白蛇、小青水漫金山。⑩斗法中，白蛇产子。小青救出许仙，法海救白蛇之子，白蛇葬身雷峰塔。[1] 这部可谓是做了大胆的创新和颠覆，尤其对于法海这一角色，增加了诸多新的"情节"。显然，这部影片是受了现当代文学的影响，已然属于文人书写。人物都有了多面性，人性的矛盾复杂尽现。

第十三部《白蛇传说》，其情节如下：①大宋南迁，林中有大批妖精修炼成功，无恶不作。法海携大弟子能忍替天行道。②白

---

[1] 徐克执导电影《青蛇》的故事梗概参照百度百科。

蛇与青蛇变幻人形，结伴游历人间，巧遇许仙，心生爱慕。青蛇巧计帮白蛇追求许仙，却与能忍不期而遇，相见恨晚。③蝙蝠妖出洞扰乱百姓，能忍应战，被蝙蝠妖所伤，中了魔血。法海赶到收妖。能忍中魔血变妖，发现青蛇也是妖之后，更是惺惺相惜。④在青蛇和一群妖友的帮助下，白蛇美梦成真，与许仙结为夫妻。婚后生活非常美满，许仙医治天下苍生，她帮许仙熬汤煎药。⑤狐妖乱世，白蛇与许仙熬药救人。法海收狐妖。看破白蛇真身后，念在白蛇救人，放她一命，让她离开许仙。⑥白蛇不肯，端午节法海追查到白蛇的行踪。法海设计捉白蛇，白蛇现原形，许仙拿起法槌误伤白蛇。⑦许仙得知白蛇真身，盗取千年仙草救治白蛇。释放了被禁锢在雷峰塔中的怨鬼们，许仙被妖怪附身。法海将许仙困在金山寺。⑧白蛇、青蛇不明情况，水漫金山寺。许仙失忆，小青被法海重伤，能忍突然而至，救起水中众人。⑨白蛇被压雷峰塔底。法海掀开雷峰塔，让许、白二人做最后的告别。最后一吻，许仙恢复记忆。这部增添人物较多，如法海徒弟能忍、狐妖、蝙蝠妖等，同时也有诸多为塑造人物性格和特征的补充"情节"。显然，这也是受到当代人性复杂论的影响而改编创作，尽可能使所有人物都有机相处，使人物的命运能顺理成章，且合情合理、有情有义。

　　情节是故事的基本组成单位，情节设定往往为一定的主题服务，且人物形象也依赖于情节来塑造。分析情节的变动取舍，可以在很大程度上找到改编作品的改编技巧和策略。按照情节发展路径选取影响较大的代表性作品（以改编质量和观众的接受度为

版本	《白蛇传（白夫人の妖恋）》	林青霞版《白蛇传》	徐克《青蛇》	程小东《白蛇传说》
保留的经典情节	1. 二蛇是姐妹。 2. 西湖遇许仙。 3. 荒野变白府。 4. 小青盗库银。 5. 许仙被发配。 6. 白、许结连理。 7. 水漫金山。 8. 白蛇被镇雷峰塔。	1. 二蛇是姐妹。 2. 西湖遇许仙。 3. 荒野变白府。 4. 白、许结连理。 5. 端午许仙死。 6. 盗灵芝仙草。 7. 水漫金山。 8. 白蛇产子（许梦蛟）。 9. 白蛇被镇雷峰塔。	1. 二蛇结姐妹。 2. 二蛇游人间。 3. 西湖遇许仙。 4. 荒野变白府。 5. 白、许结连理。 6. 端午许仙死。 7. 盗仙草。 8. 水漫金山。 9. 白蛇产子。	1. 二蛇结姐妹。 2. 二蛇游人间。 3. 西湖遇许仙。 4. 荒野变白府。 5. 白、许结连理。 6. 端午白蛇现形。 7. 水漫金山。 8. 白蛇被镇雷峰塔。
改编的情节：变动情节	1. 白府赏牡丹戏弄珍珠。 2. 许仙一直怀疑拒绝白娘并对白娘保留用心。	1. 姐妹合约待夫。 2. 小青性格泼辣，更似姐姐而非主仆。	1. 端午小青现形，吓死许仙。 2. 白蛇葬身雷峰塔，许仙死。	1. 许仙误伤白蛇。 2. 许仙盗仙草。 3. 青蛇与能忍。 4. 法海布教许仙。
改编的情节：增加情节	1. 旅馆掌柜王明戏弄白娘。 2. 茅山道士给符咒。 3. 许仙姐夫告发官府库银之事。	1. 青蛇二蛇有师傅，师傅叮嘱下凡事宜。 2. 黑风师兄（黑鱼精）帮忙水漫金山。	1. 法海收蜘蛛精。 2. 凡间妇女在竹林产子，白蛇为其挡雨。 3. 青蛇勾引法海。 4. 青蛇勾引许仙。 5. 法海救白蛇之子。 6. 小青杀许仙。	1. 法海收雪妖、狐妖、镇子雷峰塔。 2. 白蛇被打伤、许仙救白蛇。 3. 白蛇一吻数许仙。 4. 许仙船渡法海。 5. 斗蝙蝠妖、能忍中妖毒变妖。 6. 许仙失忆与恢复记忆。
改编的情节：删除情节	1. 前世报恩的引子。 2. 断桥相会。 3. 白蛇产子。 4. 许仕林的故事。	1. 前世报恩的引子（但有报恩的台词："七世之前，他救了我。"）。 2. 小青盗库银、许仙被发配。 3. 断桥相会。 4. 许仕林的故事。	1. 前世报恩的引子。 2. 小青盗库银、盗宝，许仙被发配。 3. 断桥相会。 4. 许仕林的故事。	1. 前世报恩的引子。 2. 小青盗库银、盗宝，许仙被发配。 3. 断桥相会。 4. 白蛇产子。 5. 许仕林的故事。

主要衡量标准）进行比照：（第七、九、十二和十三部）

　　通过以上对比，我们可以得出以下结论：

　　第一，电影改编作品均对民间故事中的经典情节作了一定保留，大部分经典情节都是原初故事的骨架，如二蛇结拜姐妹同游人间、西湖遇许仙、荒野变白府、许仙与白蛇共结连理、端午白蛇现形、水漫金山等情节。但这种保留又有着原装保留和改动保留两种情况，这与创作者对于故事人物和主题的个人偏爱和理解有关，也与改编时代和社会背景有关。此外，改编作品都有加强小青这一角色情感和心理表现的趋势。这与女性的觉醒和女权主义社会思潮不无关系。

　　第二，电影改编作品由于时长限制，都删除了报恩的引子及许仕林（下一代）的故事，在时间线上将传说原版中的"前世今生"的纵向历史性发展局限在今生今世的时间范围内，甚或截取短时片段，尽量细化。且重点都聚焦于许仙与白蛇间的痴恋。改编使得故事从空间到时间不断扩展、深化，增加了故事张力，增强了故事原本的生命力。

　　第三，电影改编作品整体上都弱化了白蛇和小青的妖术描写，只是将其作为剧情需要，并没有突出呈现、特殊关注。白蛇和小青的法术作为观众对于这一民间传说所具备的常识，作为背景铺陈在剧情发展中。如《白蛇传（白夫人の妖恋）》这部中日合拍片，白娘几乎没有正面使用任何炫目的法术，镜头特技只是使用了基本的切换、替换、变大、变小、消失等，这也可能受限于当时的技术。

（二）情节同一性的缘由

1. 观众对于"英雄"的美好想象

除了以上讨论的"白蛇"故事这部民间经典传说的思想价值和社会价值使其成为一部经典并能广为流传之外，从文学批评的角度来说，"白蛇"故事在很大程度上体现了观众对于"英雄"人物的崇敬和美好想象，具体来说，符合荣格的"启蒙旅行"理论①。荣格认为"启蒙旅行"的原则包括十个方面：

① 奇异的出身

② 有慧根

③ 精神上经历无数痛苦

④ 体力的折磨

⑤ 美女的考验

⑥ 恶人的考验

⑦ 与朋友结成团队

⑧ 死亡与再生

⑨ 在智者的帮助和指点下，其智慧和勇力均达到顶峰

⑩ 最后的考验

根据民间故事原型和电影改编文本中相同的"故事"和"情节"来分析，白蛇本是修炼千年的蛇精，不属于人间（对应"奇异的出身"），为了报答书生许仙前世的救命之恩，化为人形欲报恩，后遇到青蛇精小青，两人结伴（对应"与朋友结成团队"）。白素贞

---

① 杨振宇、韩慧：《〈基督山伯爵〉：观照英雄成长的心路历程》，《佳木斯大学社会科学学报》2003年第4期。

施展法力，巧施妙计与许仙相识，并嫁与他（对应"美女 / 帅哥的考验"）。婚后金山寺和尚法海对许仙讲白素贞乃蛇妖，许仙将信将疑（对应"精神上经历无数痛苦"）。后来许仙按法海的办法在端午节让白素贞喝下带有雄黄的酒，白素贞不得不现出原形，却将许仙吓死（对应"体力的折磨"，"恶人的考验"）。白素贞上天庭盗取仙草灵芝将许仙救活（对应"死亡与再生"）。法海将许仙骗至金山寺并软禁，白素贞同小青一起与法海斗法，水漫金山寺，却因此伤害了其他生灵（对应"身体和精神经历无数痛苦"）。白素贞因为触犯天条，在生下孩子后被法海收入钵内，镇压于雷峰塔下（对应"最后的考验"）。后白素贞的儿子长大得中状元，到塔前祭母，将母亲救出，全家团聚（对应"在智者的帮助和指点下，其智慧和勇力均达到顶峰"）。从上面的分析可以看出，"白蛇传"故事开启了读者内心期待的"人生成长"的集体无意识。白蛇和小青通过各种历练和坎坷、曲折、洗礼完成成长，白蛇青蛇在人间的历练和渡劫使其完成在人间意义上的成长，从妖变为人，但实质上是符合对人的要求和期待的，是一种精神的升华，通过爱情来完成。

2. 观众对于经典"仪式"的共享

众多改编的超文本都保留了相同的"经典"情节，除了上述"启蒙旅行"理论在观众潜意识中的影响之外，文化传播学的"仪式观"也发挥了重要作用。由詹姆斯·凯瑞在其著作《作为文化的传播》中论述了传播的"仪式观"，"传播"从"仪式"角度的定义常与"分享""联合""参与"等词有关。① 《白蛇传》中的"经

---

① ［美］戴扬、卡茨：《媒介事件：历史的现场直播》，麻争旗译，北京广播学院出版社2000年版，第3页。

典"桥段或情节，如西湖借伞、端午现形、断桥相会、水漫金山、白蛇产子、仕林祭塔等，无不蕴含了观众对白娘与许仙爱情的"见证""分享"和"参与"，这些经典情节在历代观众心目中早已是"耳熟能详"，但如何在荧幕上再次见证它们以影像的形式再次呈现，观众心中充满了期待，这是观众对"仪式"的期待，体现了观众对仪式的共享愿望。因此，在改编时尽量保留这些"共享"的仪式和情节，使观众在观赏影片时内心深处的"神圣仪式"被激起，便是编剧或导演务必考虑的因素。

3. 观众对于代际记忆的"影像"叙述串联

最后，"白蛇传"故事在经过历代电影改编者们的创作之后，进入一代观众的"视频""影像"记忆当中，完成代际记忆的串联，成为大众化的公众史（一种集体记忆）。当"白蛇传"故事在不同代际的大众交流中被一遍遍提及、叙述和创新时，其相同情节就成为代际记忆的基础和可供交流的基石。正如海登·怀特在80年代的著作中就提出的观点"历史一定是叙述出来的"[①]，将公共历史意识、时空框架、故事逻辑三者结合起来的方式就是叙述。只有连续说出来、写下来时，记忆才能成为一个有机整体，现代社会，还需要"拍下来"。通过对"白蛇传"故事不断的叙述、多元化的叙述，我们才可能让这份弥足珍贵的民族记忆得以保留和传承，因为叙述是一种串联，具有整合功能。[②]

---

① ［美］海登·怀特：《形式的内容：叙事话语与历史再现》，董立诃译，文津出版社2005年版，第34页。
② 钱戊伟：《历史学是串联人类记忆的学科》，《社会科学报》2018年8月16日。

四、改编之异：各文本"情节"和"人物形象"的差异性及源由

因为不同时代思潮的影响，也因为不同编剧或导演的理解，改编也就千差万别。正如巴赫金在《文本对话与人文》一书中所说的那样，"文本只是在与其他文本（语境）的相互关联中才有意义"①。在上述对于"情节"相同性的对照中，我们发现，差异性也紧随其后。

（一）"白蛇传"故事改编的电影作品中人物形象对比

版本		民间故事原始形象	《白蛇传（白夫人の妖恋）》	林青霞《白蛇传》	徐克《青蛇》	《白蛇传说》
主要人物	白素贞	善良美丽菩萨心肠	主动追求人间爱情，为爱牺牲，固执坚定。	端庄美丽、法力高强、谨慎持家、为爱牺牲。	谨慎持家，做事精明干练。	法力高强，爱憎分明，大胆表白，为爱牺牲。
	许仙	文弱大夫	摇摆不定、文弱自卑。	俊俏年轻、心性未定。	平庸凡儒，对感情不专一，吃软饭。	为人耿直，坚强独立，帅气逼人，采药救人，对爱专一。
	小青	忠仆	鬼灵精怪，比白娘更理性，心眼多。	生性泼辣、心直口快、敢爱敢恨。	率性而为，敢爱敢恨，任性自我。	无忧无虑，野性不改，但非不伤人夺命。
	法海	法力无边	人妖分清、铁面无私（这部中茅山道士的戏份比法海多）。	封建秩序维护者、人妖必定不能相处、铁石心肠、不近人情。	六根未净，被女色所惑。	公正无私，刚正不阿，法力高强，不循儿女私情。

---

① ［苏联］巴赫金：《文本对话与人文》，白春仁等译，河北教育出版社1999年版，第379—380页。

以下分析主要人物性格在不同电影改编作品中的变化：

1. 白蛇形象之变化

《白蛇传》这一民间传说，无论怎样改编，总是以白娘子和许仙的爱情故事为主轴，白娘子是最核心的人物，这是 IP 的基础。纵观电影改编文本，白娘子这一人物形象的塑造也没有偏离"端庄美丽、温柔贤淑、爱夫帮夫、敢于反抗"等优点。民间传说的较早版本中，她更是菩萨心肠、乐善好施、救民于水火。这已经不同于最早民间对于蛇妖的态度。"蛇蝎美人""妖言惑众""蛇蝎心肠"等鲜明传达了民间对于这类形象的憎恶，在《白蛇传》故事的演变中，至嘉靖十四年，出现了弹词《义妖传》，蛇精的故事已经完全由单纯迷惑人的妖怪变成了有情有义的女性。白娘子的形象已经完全转为正面形象，广受赞扬，并在日后一系列改编中，形象逐渐饱满、立体，"人性"多于"妖性"。

这首先表现在白娘子对许仙坚定不移、纯粹的爱上。无论在各种改编版本中，白娘子爱上许仙是出于报恩也好，前世注定也好，修行也好，都是不掺杂任何名利色彩，是为爱而爱。无论在不同电影改编中，是婚前苦心设计追求也好，还是婚后追随许仙四处发配、颠簸也好，白娘子始终不离不弃，忠心不二。这种特点正是中华民族最朴素的爱情伦理观念，但不可否认，这也是传统美德中对于"妇道"的要求。

其次，白娘子顽强不屈的反抗精神是其性格特征的另一亮点。她身上所具有的反抗精神是中华民族妇女反抗的典范，她不畏封建礼教，大胆追求爱情和所爱之人，不畏法海一路追拿和百般刁难，再三忍让，被逼无奈，奋起反抗。直到最后有名的"水漫金山"情节，即使触犯天条，也让观众同情怜悯。在各种电影改编的版本中，白娘子勇于反抗的性格特征都成为被描绘的重点。

白娘子的形象逐渐脱离了"妖"，而更多体现"人"的性情。在白蛇传故事原本中，白娘子是蛇精出身，其形象多少有些纠缠许仙的意味，这一版本在《白蛇传（白夫人の妖恋）》中稍作保留。

2. 小青/青蛇形象之变化

民间传说的较早文本中，青蛇始终是配角身份，但其性格鲜明，耿直率真，疾恶如仇，和白娘子形成互补。小青的真实身份有两个版本，一曰青鱼 ①，一曰青蛇。在众多影视改编中，也有保留青鱼这一说法的，如日本动画《白蛇传》。而"青蛇说"被大部分改编剧本所采用，青蛇相对于白蛇，更具蛇性，率真直接、锋芒毕露。

在以上四部影片中，青蛇的形象越发凸显，甚至成为主角，如徐克的《青蛇》。这部影片可谓是最大胆的改编。故事内容从白蛇许仙的爱情故事转为青蛇如何在人间学习做人做事的故事。这部电影中青蛇的形象更加复杂、立体，充满矛盾性。这一改编趋势也成为众多改编版本的特征，即人物心理矛盾和纠结助推人物形象、性格的塑造和发展，并起到烘托主题的作用。

3. 法海形象的变化

在原初文本中，法海是封建统治阶级的代言人，是典型的封

---

① 青鱼的出处如清朝乾隆年间黄图珌所著《雷峰塔传奇》第一卷《慈音》中，释迦如来如是说：今东溟有一白蛇，与一青鱼，是达摩航芦渡江，折落芦叶，被伊吞食，遂悟苦修今有一千余载。

建卫道士形象，他对一切有违传统的东西进行无情镇压，是毫无人情味的反面形象①。但随着现代性的发展和观众思想意识的不断丰富，法海的形象在改编作品中有了较大改变，变得更加现代、真实且充满矛盾，比之前更有魅力。

从所选四部代表作品中可以看出，《白蛇传（白夫人の妖恋）》和林青霞主演的《白蛇传》中的法海还保留了传统形象中的封建秩序维护者和卫道士的鲜明特征，但到徐克的《青蛇》时，法海已有明显的转变。首先，其形象由耄耋老人、白眉白胡变成年轻俊俏、身手不凡的和尚；其次，他也有难以克服的心魔，也有人性中的情欲，这令一心向佛的他备受煎熬，倍感羞愧，于是利用青蛇来修炼自己；最后，当他看到白蛇为爱牺牲、痛苦产子时，备受感动。从《青蛇》到《白蛇传说》，法海的形象又有了进一步丰富和饱满，他一反呆板严肃，变得心胸宽广、幽默风趣、通情达理，冷酷中夹杂慈悲，可谓是一次彻底的突破。

法海形象的嬗变符合观众期待的有血有肉的人物形象，荧幕上的法海正在朝着引起观众感同身受、更具内心挣扎纠结此类代入感的方向发展。

4.许仙形象的变化

通过对照各电影版本中许仙的人物形象及性格特征，不难发现，他始终是"被动"的，从一开始被白蛇选择（报恩），结为夫妻，到后来历经磨难、夫妻分离，"被法海拯救"，许仙都扮演

---

① 聂焱：《〈白蛇传〉故事在影视中的改编研究——戏剧影视叙事学系列研究之一》，山西大学硕士学位论文 2014 年。

了一个"工具人"的作用。尤其在 1956 年《白蛇传（白夫人の妖恋）》中，许仙从始至终都是怀疑、拒绝白娘的，直到最后一刻，完成了"戏剧性"的转变，难以让观众信服。1978 年的《真白蛇传》中，许仙稍具自主意识，能够对茅山道士和法海的告诫作出自己的判断，说出"我此生与僧道无缘，你们不要再来纠缠我"这样的话。1993 年徐克的《青蛇》中为了突出人性中情欲的部分，更是将许仙描绘为一个在白蛇青蛇之间摇摆不定，软弱无能、吃软饭的书生。直到 2011 版的《白蛇传说》中，许仙的形象才有所改变。他成为一个为人耿直、坚强独立、帅气逼人、采药救人、对爱专一的有主见的男主角。

（二）改编差异性的缘由

1. 改编都体现了时代特征的叙事主旨

以上对《白蛇传》电影改编文本中主要人物形象的分析可以看出，对于他们的塑造集中体现了不同时代的社会思潮和主流意识形态，同时，通过人物承载的电影主题，也随着时代逐渐多元丰富，充分体现出民间文学电影改编的现代性发展趋势。

50 年代，由香港邵氏公司和日本东宝映画合拍的这部《白蛇传（白夫人の妖恋）》，通过把一个女性为爱牺牲、求而不得的苦痛和挣扎作为重点描绘对象，强化了来到人间的女性（现实中的女性）如何在爱中追求自身价值，弱化了其文学文本的神话传说的因素，敢于塑造具有现代精神的主体，具有相当的现代性。

70 年代由林青霞主演的《真白蛇传》，歌颂跨越人妖界限的爱恋，反抗封建礼教的束缚和无情镇压，用悲剧的方式博得观众同情。这与当时中国社会百废待兴，蓄势待发，破除封建礼教和传统禁锢的需求息息相关。

90 年代，徐克的《青蛇》中充分融合了西方思潮在中国发酵的特征，女性主义思潮的兴起迎来了青蛇的觉醒和对爱与欲的大胆尝试，在叙事模式上颠覆和解构经典，从内容和形式上彻底打破传统。

21 世纪初程小东的《白蛇传说》，虽然口碑呈现两极化，但其多元叙事和故事中的情理融合都呈现出重新接纳传统并再造新传统的现代叙事风格。

2. 改编体现了爱情主题的时代性特征

爱情主题一直是"白蛇传"电影改编中永恒不变的主题，但这一主题在不同时代也呈现出不同面貌，众多《白蛇传》影视改编文本可谓是奏响了一曲白娘子和许仙的爱情变奏曲，每个节奏都有其时代的主流爱情观作为支撑。无论是白娘子对许仙不计后果、不谋功利的无条件的爱，还是通过小青的视角不断叫醒被爱"催眠"的白娘子，抑或许仙从被动到主动回报白娘子对他的爱，都是这曲爱情变奏多维度、多角度的呈现。

影视文本实际是一种文创"商品"，要迎合大众（观众）的审美情趣，从古典浪漫的传统爱情模式到现代先锋的大胆追求真爱模式，都是观众爱情观的荧幕体现。正如德邦纳·盖立科认为，"改编并非完全忠实于原著文本的复制文本，而是在文化语境中文本的再利用"①。

---

① De Bona Guerric, *The Politics of Redeployment: Hollywood and the Literary Canon 1934—1951*, Ann Arbor: A Bell & Howell Information Company, 1996.

3.跨文本理论的相互影响

当今不仅是一个创造的时代，也是一个"模仿"的时代。当今时代所具备的对于"艺术品的机械复制"已成定局，无论法兰克福学派如何批评，不可否认，"机械复制"和"模仿"的确让艺术品在传播范围上得以空前突破，并在观众心中构建起愈发复杂立体的"跨文本网络"。法国文艺理论家热奈特在前人基础上提出了"跨文本理论"，认为"广义的文本无处不在，存在于文本之上、之下、周围，文本只有从这里、那里把自己的经纬与广义文本的网络联结在一起才能编制它"①。由此可见，文本之间存在着多种关系，并互相影响。一方面，关于"白蛇传"的电影改编文本是构建在共同的故事框架之上，另一方面，不同版本的电影改编文本之间要互相区分，即后面的文本既要吸收前面文本的优点，又要避免完全重复。众多版本的《白蛇传》，包括电影改编、电视改编、戏曲改编和动画改编等，不可否认，它们内部之间有着丰富的文本间性，每一部后面的改编都借鉴或推翻过前一部改编的某些部分。如徐克的《青蛇》，并非无中生有，青蛇形象的转变和对传统的颠覆贯穿于整个《白蛇传》的影视改编中，《青蛇》之前的《真白蛇传》(1978)就已初现小青个性突出、直面欲望的性格特征。此外，程小东的《白蛇传说》中法海的形象也是进一步突破和丰富了《青蛇》中法海年轻帅气、矛盾挣扎的性格特征等。

除了《白蛇传》众多改编版本内部的跨文本网络的构建之

---

① ［法］热拉尔·热奈特：《热奈特论文选》，史忠义译，河南大学出版社2009年版，第54页。

外，"白蛇传"故事与其他神话和魔幻题材的影视文本也存在跨文本性和相互影响。如《哪吒之魔童降世》（2019）、《白蛇：缘起》（2019）、《妖猫传》（2017）、《捉妖记》（2015）、《大闹天宫》（1961、2012）等一系列国产神话改编或魔幻叙事，细究起来，能够获得良好口碑的改编绝不仅仅是忠于原著的，尤其是人物形象的突破和故事主旨的创新，要能够符合当下观众的审美理念。如2019年的《哪吒》票房口碑双赢，与哪吒有血有肉、有反抗精神、会反思反省反叛的形象不无关系，也与哪吒故事在新时代的人道主义精神承载有关。此外，不难发现，香港地区成为改编《白蛇传》这一民间传说的热门地区，这与香港类型电影对奇幻、古装、鬼怪题材较为热衷不无关系。

五、结语

"白蛇传"这一民间传说，由于其电影改编次数、改编版本在民间传说众多文本中均为最多，因此，可以代表中国民间传说影视改编的整体水平旨趣。在对"白蛇传"故事的电影改编文本进行深入细致的特征分析和规律探寻基础上，发现对于民间传说的影视改编都存在以原文学文本为参照点，保留什么和删除什么的追问。那些能够经久流传的民间传说经典故事，都有着其作为经典的深层原因，如果不尊重经典流传的规律，一味删减或追求猎奇心理的改编，并不会获得观众的认可和喜爱；相反，依照"白蛇传"这 民间传说代表性文本中人物形象的发展规律，挖掘集体无意识中对于"英雄"的集体敬仰，观众心目中的"仪式观"的期待，以及整个民族记忆的叙述和串联，结合各时代经过现代性洗礼后的主题意旨再创作，才能打造出较为成功的电影改编文本。

（本文系 2018 年度国家社会科学基金重大招标项目"百年中国影视的文学改编文献整理与研究"[项目批准号 18ZDA261]阶段成果之一）

编后记

　　编辑这本小册子，是因为几年来围绕女性的话题写过一些文章，也因为完成国家社科基金重大项目"百年中国影视的文学改编与文献整理研究"而专门写过几篇女性文学改编影视的文章，将它们凑到一起，就成了现在的模样。

　　关于这个话题，我已经研究了二十年，过去出版过《非常日记》《生于1980》《幻爱》三部小说和《非常对话》《爱是需要学习的》《爱与性的秘密》三部学术随笔。那时用的学术资源基本是西方理论。近十年来，我研究中国传统文化，虽多有所得，但写得少，这本册子里的几篇文章有所涉猎，未及展开。

　　前面五篇文章虽讨论的是文学或影视，但基本上围绕女性话题而展开。本来还有关于花木兰、苏妲己、田小娥等文学典型女性形象的影视改编的写作，和近年来一些网络小说中女性形象的改编讨论。这些女性形象的影视改编代表了这个时代人们的心相，反映了人们对女性的想象。但这些文章有些未写成，有些是别的学者或我的博士生单独完成的，所以没有编入其中。

由于是论文集，一些地方未免会有重复。也由于对中国传统文化的思考还不透彻，对女性未来命运的讨论也还有些不明朗，所以，有些地方只是提了一些方法，并未给出答案。

感谢何田田、张雍、叶凌志等同学在我写作中给予的支持，感谢陈锦荣、树贤、杨莹等同学对讲座文稿的整理和校对。感谢上海人民出版社的支持！

徐兆寿

2023 年 7 月 27 日晨于双椿堂

图书在版编目(CIP)数据

中国文学女性形象影视改编研究 / 徐兆寿著.
上海 ：上海人民出版社，2025. 1. -- ISBN 978 - 7 - 208 -
19202 - 7

Ⅰ. Ⅰ207.35

中国国家版本馆 CIP 数据核字第 2024U0A083 号

责任编辑 陈佳妮
封面设计 胡 斌 刘健敏

中国文学女性形象影视改编研究

徐兆寿 著

出 版 上海人民出版社
　　　　 (201101 上海市闵行区号景路 159 弄 C 座)
发 行 上海人民出版社发行中心
印 刷 上海商务联西印刷有限公司
开 本 890×1240 1/32
印 张 6.75
插 页 3
字 数 138,000
版 次 2025 年 1 月第 1 版
印 次 2025 年 1 月第 1 次印刷
ISBN 978 - 7 - 208 - 19202 - 7/I · 2102
定 价 40.00 元